Babara Wolke

Sinnliche Wolkenmenschen

Dieses Buch ist alle den Männern und Frauen gewidmet, die mir ihre Geschichte erzählt haben, die ich erlebt habe und die ihren Sex selbstbestimmt nach ihren Neigungen tabulos und auf Augenhöhe mit ihren Partnern ausüben. Mein besonderer Dank gilt Alex, Steffanie, Andreas, Thomas und Michael, die mit ihren Ideen und Beträgen zu diesem Buch beigetragen haben

Herstellung und Verlag: BoD – Books on Demand, Norderstedt ISBN: 9783750487314

Inhalt

Andreas

Andreas ist ein Mann von 55 Jahren. Eigentlich ist er gar nicht der Typ der chattet oder sich zu Chats oder Bildern äußert. Aber dann liest er diese oder jene Geschichte und findet auf einmal seine eigenen Gefühle darin wieder. Er erkennt, dass seine Fantasien denen Anderer gleichen, ja als ob da jemand für ihn das aufgeschrieben hat, was er so denkt und in sich trägt. Es kommt ihm wie eine Seelenverwandtschaft vor. Nie hätte er diese Lust und Fantasien jemanden mitgeteilt. Aber als im klar wurde, dass es nicht nur ihm so geht, beginnt er im Chat darüber zu schreiben.

So entwickelt sich hier und da ein intensiver Austausch, ja auch ein gegenseitiges Aufgeilen und Beschreiben von Masturbieren und Onanieren. Geheime Wünsche werden mitgeteilt. Er liebt es, verwöhnt zu werden. Seine heißen Träume über Tantra verfolgen ihn. Aber dabei bleibt es nie. So ist es für Andreas unausweichlich, Gelegenheiten wahrzunehmen und den realen Kontakt zu suchen. Jetzt kann er darüber auch schreiben und sich somit befreien.

Einfach geil, der Besuch bei Gabi

Wir haben viel geschrieben. Irgendwann haben wir dann erkannt, dass wir sehr ähnliche Ansichten haben. Ja, wir schrieben von Seelenverwandtschaft. Da schreibt man Chats, ist dabei locker und mutig. Man kennt sich ja nicht, aber man geilt sich umso mehr auf. Sage mir keiner, dass dieser Trieb bei Frauen nicht vorhanden ist. Ich treibe mich dann immer gerne zum Orgasmus, umso mehr, je mehr ich spüre, dass meine Chatpartnerin mit dabei ist. Es ist schon ein wenig verrückt. Man kennt sich nicht und dennoch fühlt man sich verbunden und onaniert oder masturbiert zusammen.

Gabi ist so eine Frau. Wir fanden uns immer wieder zusammen und mein Wunsch, sie mal real zu erleben verstärkte sich ständig. Viel haben wir über eine Lingam Massage geschrieben. Der Gedanke machte mich verrückt. Gabi ahnte dies wohl und hat das natürlich gespürt, als sie mir anbot, doch zu ihr zu kommen. Ich war sprachlos. Schließlich wollte ich nicht durch Chatten eine Fick-Partnerin finden. Je mehr ich darüber nachdachte, desto geiler wurde ich und wollte mir diese Möglichkeit nicht entgehen lassen.

Als ich dann meinen Besuch ankündigte, wurde Gabi ein wenig nervös. Hatte sie es nicht ernst gemeint? Aber es war wohl eher die Unsicherheit, mit Tantra umzugehen. Gabi hat davon gehört, aber sie gestand, dass sie ja auch noch nie eine Yoni-

Massage hatte. Wie sollte es also gehen, wenn zwei fickwillige Partner keine Erfahrung damit hatten? Was ich aber nicht wusste, dass Gabi über Umwegen eine Aglaia ausfindig machte, die ihr am Telefon erzählte, was sie sich zutrauen sollte und wie es geht.

Warum sie so unsicher war, weiß ich nicht, aber ich hatte mir so einiges im Internet angelesen. Welcher Mann hatte denn eine Frau noch nicht gefingert und es ihr schön gemacht. Ich war immer besonders geil und es ist doch immer ein Erlebnis zu spüren, wie der Orgasmus in der Frau aufsteigt, um sich dann explosionsartig zu befreien. Gabi aber erzählte mir später, was sie so alles an Vorbereitungen getroffen hat. Erst mal war da der Aufsatz für die Analdusche. Dann suchte sie diese dünnen einfachen Nitril-Handschuhe. Im Sexshop fand sie ein einfaches Massage-Gleit-Öl und eine weiche Massagebürste. Ein Seidenschal war nicht das Problem, auch nicht der Bulgur als Getreideschrot. Schließlich noch eine kräftige Folie aus dem Baumarkt.

Ja, und dann kam dieser Termin auf mich zu. Ich kannte Gabi nur vom Chat. Ich war verunsichert und dann mal wieder zuversichtlich. Die Stimmung schwankte ständig, es war aufregend. Aber dann der Tag der Tage. Die Gabi sah sehr gut aus. Ich war überwältigt. Eine süße Figur, schlank mit süßen Brüsten. Sicher war sie keine 30 mehr, aber das wusste ich ja. „Die musst du gar nicht massieren, die kannst du gleich ficken!", ging es mir durch den Kopf. Irgendwie waren wir uns gleich sympathisch und mein riesiger Blumenstrauß trug sicher dazu bei. „Typisch Frau", dachte ich mir. Manchmal ist es doch so einfach.

Um zu entspannen, machte sie erst mal ihren Spezial-Tee. So eine kleine Zeremonie ist sicher gut. Sie hatte eine kleine Tee-Zeremonie arrangiert, was zur Entspannung beitrug. Das Bett war mit einer der Folie abgedeckt, was sicher viel versprach, abgesehen von der Analdusche im Bad. Ich versuchte, sie zu küssen, aber sie wand sich aus meinen Armen. Als ich aus dem Bad kam, hatte sie ein bodenlanges, weißes, halbtransparentes Hängerchen an.

Es war eine unmögliche Situation. Ich kam mir in meinen Boxershorts richtig dämlich vor. Gabi schob sie mir ganz langsam runter, ohne den Blickkontakt von mir zu wenden. Sie schaute mir in die Augen und verharrte in Ruhe vor mir. Ihr Hängerchen fiel zu Boden und ich musste sie sofort von oben bis unten ansehen. Ich bin eben ein Mann, dümmer konnte ich es nicht anstellen. Sie schob mich zum Bett und ich wollte mich auf den Bauch legen. „Nein auf den Rücken legen, wir wollen doch keine Unruhe!", hörte ich Gabi sagen. Wollte ich mein bestes Stück ihren Blicken entziehen? War ich wirklich so unsicher oder eher sensibel?
Gabi strich mir über den Kopf, sodass ich die Augen schließen musste. Ich spürte wie ich mich ein wenig entspannte. Immer wenn ich die Augen wieder aufmachte, strich sie wieder über mein Gesicht. Beim rauf und runter Streichen der

Oberschenkel, berührten ihre Fingerspitzen schon mal meinen Penis oder meinen Sack. Das elektrisierte mich mächtig. Dann aber spürte ich ihre Brüste über meine streichen, um dann die Massage mit einer weichen Bürste fortzusetzen. Das folgende Seidentuch war dann nur noch ein Hauch von Massage. Ich hielt die Augen verschlossen. Ich war völlig ruhig und bereit, mich hinzugeben, was immer es sein wird.

Als Gabi mich mit Öl massierte, war ich tief in mich versunken. Aber der Bulgur im Öl, dieses Kratzen, machte mich wieder hellwach. Es war ein Übergang in eine andere Welt. Jetzt begann dieses Spiel. Immer wieder mal fester massieren, dann wieder sanft über die Haut gehen. Gabe achtete sorgsam darauf, ja nicht in die Genitalregion zu kommen, was es nicht einfacher für mich machte. Es war spannend zu spüren, wie mein Kreislauf aktiver wurde. Mit einem Handtuch rieb sie mich dann vorsichtig ab. Mein bestes Stück wurde nicht einmal berührt. Gabi war sehr konzentriert.

Dann dieser Übergang. Ganz sorgsam und beiläufig wurde von ihr mein Penis mit Gleitcreme eingecremt. Ganz beiläufig öffnete ich meine Beine, ganz beiläufig arbeite sie sich zum Po vor. Ich wollte Hilfestellung geben, ich wollte mich mehr exponieren und ihr meinen Arsch präsentieren. Doch unvermittelt war da dieses Kissen, das sie mir unterschob. Ich war überrascht und hatte es anders erwartet. Aber eine Lageänderung stört wohl die Harmonie, habe ich dann später gelernt. Meine Beine waren breit, der Po war hoch, mein

Arschloch war exponiert und darüber baumelten mein Sack und mein schlaffer Schwanz.

Gabi nahm meinen Schwanz in ihre linke Hand und mit der rechten arbeitete sie sich leicht kreisend durch die Po-Kerbe über den Damm zum Sack und zum Penisschaft vor. Mit leichten Bewegungen ging sie an der Unterseite des Penis, da wo die Harnröhre liegt, auf und ab. Als sie dann aber zur Eichel kam, zeigte das eine deutliche Wirkung. Mein Penis erigierte. Gabi aber ging zurück zum Po und nahm sich die Rosette vor. Sie hatte plötzlich einen Handschuh übergestreift. Mit Kreisen auf der Rosette arbeitete sie sich dann wie ein Korkenzieher in mich rein. Erst einen Zentimeter, dann wieder raus und wieder rein, aber tiefer. Ich war ganz locker und entspannt. Das hatte ich mir nicht so sanft vorgestellt.

Als sie meinen Schwanz zwischen den Händen rieb, mich dann bei der Schwanzwurzel packte und mit den Fingern meine Eichel, wie ein Penisring umspannte, stöhnte ich hörbar. Meine Erregung steigerte sich. Mit den Händen streifte sie nach oben, ließ meine Eier durch ihre Hand gleiten, die dann nach unten flutschten und zog mir den Schwanz lang und länger, immer ein wenig nach oben bewegend, bis sie nur noch meine Vorhaut eingeklemmt hatte. Lange hielt sie meinen Schwanz so fest. Ich meine, sie konnte sehen, wie er aufblühte. Sie streifte meine Vorhaut runter und nun ging es rückwärts, bis sie mir die Eier kraulte.
Die hielt sie fest und massierte das Frenulum an meiner Eichel.

Sie war so sanft, so einfühlsam. Ich zeigte ihr jetzt meine wahre Größe und sie fühlte meine wahre Härte in meinem Schwanz. Erschreckt stellte sie selber fest, dass ihr ihre Votzenflüssigkeit am Bein runter lief. Sie war also voll dabei, nicht als Therapeutin. Sie war geil geworden. Ich atmete ruhig und zeigte nicht, dass ich es bemerkt hatte. Ich war jetzt nach innen gekehrt und genoss meine Gefühle. Eine tolle Frau, die mich so schnell in diesen Zustand versetzen konnte, mir offensichtlich zuschaute, um sich selber an meinem Zustand aufzugeilen. Sie schien sich geradezu in meinen Wonnen zu baden. Das war einfach überwältigend für mich und machte mich sicherer.

Gabi wollte meine Freude auskosten, das wurde mir klar. Ging es jetzt wirklich nur noch um Tantra? Ihr Zeigefinger glitt ganz langsam durch meinen Anus. Es ging ganz leicht. Der zweite Finger ging ebenso rein. Ich kannte das. Ab und zu habe ich mich selber mit einem Dildo gefickt. Gabi wusste es ja. Ich hatte ihr mal geschrieben, dass ich den dicksten Analplug schon im Po hatte. In dieser Stellung war ihr Arsch-Austasten wunderbar. Einfach mal die Finger zu beugen und rein in den Arsch, um die Prostata massieren. Ihre Finger kundschafteten mich regelrecht aus. Wir schrieben ja über das unglaubliche Geheimnis um die Prostata, von dem wir Männer immer reden. Dass es uns doch irgendwie fremdartig erscheint, wenn eine Frau da massiert, ist doch verständlich.

Gabi jedenfalls fand dieses weiche, kirschgroße Gebilde in Richtung Damm und kreiste vorsichtig darauf rum. Langsam und leicht waren ihre Bewegungen, dann mal wieder etwas mutiger. Ich war fast erschrocken, als mein Schwanz zuckte und ein Tröpfchen erschien. Es wurde sofort Opfer ihrer Zunge, als ob sie nur darauf gewartet hatte. Oh, sie hätte mich so stundenlang melken können, sie fickte mir den Arsch. Mit zunehmenden Bewegungen ging sie rein und raus. Als sie dann den Strap On nahm, hielt ich dagegen. Sie fickte malerisch sicher. Noch nie hatte mir jemand den Arsch gefickt. Es war eine geile Lust und ich schwebte in allen Wolken.

Gabi hatte aber Probleme, den Strap On zu halten. Sie war so nass und so geil und es floss immer mehr nach, dass er rutschte. Ich konnte es in ihrem Gesicht lesen. Tantra hin oder her, ihre geile Lust und ihre Gier nach einem Orgasmus hat sie überwältigt. Den Reiz des Strap On auf die Klitoris und in ihrer Votze hatte sie unterschätzt. Viele Frauen ficken eben gerne mit dem Strap On, weil sie sich eben selber einen Orgasmus verschaffen. Und so war es auch bei ihr. Die Wellen überschlugen sich in ihr, ihre Sinne spielten verrückt, ich hatte das nicht erwartet. Ich war völlig überrascht. Aber dieser lange Anlauf des irren Vorspiels zahlte sich jetzt auch für sie aus.

Noch völlig in sich gekehrt stand sie neben dem Bett. Sie nutzte die Zeit, um wieder runter zu kommen. Aber was plante sie jetzt? Ich wusste nicht, was sie in der Hand hatte. Langsam setze sie den sechs Zentimeter Dildo an. Ich erfuhr es erst viel später. Die Spitze bohrte sich in meinen Arsch und weitete ihn auf. Zentimeter um Zentimeter ging es weiter. Ich muss sie wohl mit weit aufgerissenen Augen angestarrt haben, wobei ich wohl rot anlief. Gabi zögerte, sie wollte abbrechen, doch ich hielt immer noch dagegen. Dann hatte ich das Monstrum drin. Es folgte ein häufiges Schnaufen und Hecheln. Aber langsam wurde ich ruhiger, als Gabi mich mit dem Monstrum ganz langsam fickte. Im Schneckentempo ging es rein und wieder raus, aber immer weiter arbeitete sie sich rein. Das waren letztlich mehr als zwanzig Zentimeter. Dann wurde sie schneller. Es war einfach geil für mich. Je schneller sie mich fickte, desto kräftiger hielt dagegen.

Meine Hände umspannten jetzt meine Knie, die ich hoch zog. „Hau ihn rein!", schrie ich. "Fick mich doch, reiß mir den Arsch auf." Ich war außer mir. Ich war wild, ich hatte das so noch nie erlebt. Mein Schwanz schaukelte und ein kleines Rinnsal an Samen lief am Schaft runter. Nein, das war mehr die ausgepresste Prostata und mehr als ein normaler Orgasmus. Es lief und lief. Gabis Lippen umschlossen meine Eichel. Ja, das brauchte sie jetzt. Genüsslich lutschte sie meinen Schwanz und schob dabei den Dildo so tief in meinen Arsch, wie es ging.

Den Handschuh streifte sie jetzt ab und mit viel Gleitgel ging sie mit den Händen meinen Schwanz rauf und runter. Sie drehte ihn, mal zog sie ihn lang, mal kraulte sie meine Eier, mal klammerte sie meinen Schaft, mal lutschte sie meine Eichel oder ging mit der Hand darüber. Sie wusste genau, was sie tat und beobachtete mich. Ein wenig zu viel Reiz und ich würde kommen. So machte sie Pausen in denen sie nur mit dem

Finger rauf und runter strich. Sie wollte mir zeigen, wie es ist abspritzen zu wollen aber es nicht zu dürfen. Es kam dieser kritische Moment. Bei all dem hatte ich immer noch diesen dicken Dildo im Arsch.

Gabi quälte mich regelrecht. Sie ließ mich nicht abspritzen. Eine Erfahrung, die ich nicht mehr missen möchte. Alle Gefühle spielten verrückt. Ich wusste nicht, was da passierte, was ich da fühlte. Gabi hatte sich eingeschärft, mich immer wieder und wieder an die Grenze kommen zu lassen. Irgendwann war auch das mir egal. Ich ließ sie machen und wunderte mich, wie geschickt sie das machte. Aber immer, wenn ich abspritzen wollte und mein Körper sich spannte, hörte sie wieder auf. Mit ihren Händen wrang sie meinen Penis wie ein Handtuch aus. Ich spürte, wie das Reizen und Spielen, meine Geilheit nicht mehr steigern konnten. Ich war wieder deutlich in mich gekehrt. Eigentlich wollte ich jetzt nicht mehr kommen. Ich wollte einfach nur weiter segeln mit diesen Gefühlen. Nichts mehr denken nur noch fühlen. Nur noch Mensch sein. Nur noch sich selber fühlen. Es sollte noch möglichst lange dauern.

Je länger es aber dauerte, desto geiler wurde Gabi. Bei ihr stieg das Verlangen. Mehr und mehr wuchs in ihr das Bedürfnis, selber gefickt zu werden. Ihre Votze lief nur noch so. Dann war es so weit. Sie konnte sich nicht mehr zurück halten. Tantra hin oder her. Sie brauchte meinen Schwanz in ihrer Votze. Ich habe das so schnell gar nicht realisiert. Plötzlich riss sie mir das Kissen unter dem Arsch weg, sprang auf das Bett und kniete über mir. Dabei hatte ich noch diesen dicken Dildo im Arsch, der ja immer noch auf meine Prostata drückte. Das gab mir aber dann auch noch einen zusätzlichen Reiz.

Ihre Votze senkte sie langsam auf meinen Speer ab. Ganz langsam drang ich in sie ein. Langsam weitete ich sie. Das Eindringen in sie, schien ihr verlangen zu Ficken erst richtig zu steigern. Sie senkte sich weiter ab und drückte meinen Schwanz immer tiefer in sich rein. Sie wollte dieses Druckgefühlt tief in sich. Sie war so offen wie ein Scheunentor und so nass, dass ein Gleiten, ein Ficken sie kaum noch reizen konnte. In gewohnter Haltung einer Frau, eine Hand an der Brust und einen Nippel zwischen die den Fingern und die andere Hand mit den Fingern auf der Klitoris, kreiste sie mit ihrem Becken. Sie war wie von Sinnen und erfüllt von dem Zwang, mein Kommen in ihr zu spüren. Mein Schwanz wühlte in ihrer Votze und sie schaukelte sich im Nu an ihre Grenze. Als sie dann innehielt und zögerte, war es zu spät. Ich fühlte ihr Zucken in ihr.

Das Zucken wurde schwächer und die Spannung klang etwas ab. Es war, als ob es ihr gelang, meinen Schwanz noch tiefer in sich einzusaugen. Ich spürte, wie ihr Muttermund meine Eichel rieb und dann den Ausstoß meines Samens in ihr. Es waren nur noch unmerkliche Stöße. Es war unglaublich, es schien gar nicht mehr enden zu wollen. Ich spritzte und spritzte. Ihr Becken kreiste sanft weiter. Sie presste ihre Knie an meine Seite, um mehr Spannung in ihrer Votze herzustellen. Das brauchte es gar nicht mehr. Meine Sahne lief mir bereits in die

Pokerbe. Ich weiß nicht wie lange es dauerte. War es eine Minute oder mehr? Ich traute mich nicht zu atmen. Dann senkte Gabi ihren Kopf langsam auf mich runter. Es waren heiße, geile, intensive Küsse, die sie mir jetzt gab.

.

Traumhaft geil, ausgeliefert zu sein

Es geschieht ja nicht allzu oft, dass Träume und Fantasien, plötzlich und unerwartet Wirklichkeit werden. Aber es gibt manchmal eben auch diesen Überraschungseffekt! Anna stand in einem Kleid in der Tür, das mehr freigab, als es verdecken konnte. Wir unterhielten uns aufgeregt und plötzlich fragte sie nach meinen geheimsten Fantasien. Ich fühlte mich überrumpelt und stotterte verlegen. Dann aber konnte ich ihr doch vermitteln, dass es mir nicht so wichtig ist, irgendetwas Ausgefallenes zu machen, sondern es mir mehr darauf ankommt, wie es gemacht wird.

Einen Moment ging der Blick von Anna ins Leere, dann nahm sie mich an die Hand und führte mich ins Badezimmer, nicht ohne mich dabei auf die Analdusche aufmerksam zu machen. Ich liebe diese Geräte, man fühlt sich danach so leicht, der Anus ist so entspannt und eine erregende Vorfreude macht sich breit. Im Schlafzimmer zog Anna mich aufregend langsam aus, fuhr mit ihren Händen über meinen ganzen Körper und packte kurz und fest meinen Schwanz. Es schien, als ob sie in Trance war und mir sagen wollte: "Mach dich auf etwas gefasst."

Als ich auf dem Bett lag, sagte sie zu mir: „Schließe die Augen und lass dich fallen!" Dann legte sie mir eine Augenbinde an und fesselte mir die Hände an die Bettpfosten, sodass ich kaum noch Bewegungsspielraum hatte. Das Gleiche machte sie mit meinen Beinen. Aber sie bekamen mehr Spielraum. Dennoch kam in mir ein mulmiges Gefühl auf. Aber eine gewisse Erregung macht sich schon in mir breit.

Sie massierte meine Genitalien und den Po mit Öl. Das reichte schon, dass meine Erregung sichtbar wurde. Sanft und langsam, mit einer doch sehr intensiven Wirkung, streichelte sie mit einer Hand meinen Penis, mit der anderen knetet sie meine Eier. Sie nahm den Schwanz in beide Hände, zog und stieß mal mit viel Druck, mal mit weniger Kraft. Ich stöhnte heftig. Es war ein Spiel sehr nahe an der Kante. Sie hatte mich also im Nu bis zum „geht nicht mehr" aufgegeilt.

Frauen haben ein ungemein sensibles Gespür dafür. Anna ließ schnell meinen Schwanz los und packte meine Eier mit beiden Händen. Mit ziehenden Bewegungen massierte sie diese, so wie ich es noch nie erlebt hatte. Mal gleichzeitig, mal abwechselnd, wie beim Melken, zog sie immer stärker und umklammerte meine Eier immer fester. Das machte mich sowas von geil. Wie aus dem Nichts band Anna plötzlich ein Band um den Hodensack und zog ihn damit noch stärker nach unten, wo sie das Band irgendwo befestigte. So war nun dadurch auch mein Becken fixiert. Ohnmächtig, aber so geil in Erwartung, was sie jetzt mit mir machen wird, lag ich bewegungslos auf dem Bett.
Ganz langsam umschlossen ihre Lippen meine Eichel. Gleichzeitig senkte sie ihr Becken über mein Gesicht, aber nur so weit, dass ich mit der Zunge nicht an ihre Muschi kommen

konnte. Ab und zu tropfte es auf mein Gesicht. Einige wenige Tropfen konnte ich mit der Zunge aufnehmen. Sie machte mich wahnsinnig damit, zumal ihre Lippen jetzt weiter über meine Eichel waren und die kreisende Zunge machte immer wieder Halt beim Pipiloch. Erst drang sie sanft darin ein, doch schon bald wurde der Druck so stark, dass ich das Gefühl hatte, die halbe Zunge sei bereits darin versenkt. Ich war wild und so geil auf Ficken, aber ich konnte mich kaum bewegen.

Plötzlich senkte sie ihre nasse Votze ganz auf mein Gesicht und ließ mich kaum atmen. Genüsslich bewegte sie sich vor und zurück und drückte mir dabei ihr Poloch auf die Nase. Ihr Anus war weich und öffnete sich leicht, sodass meine Nase bis zum Anschlag darin versank. Mit meiner Zunge erhaschte ich möglichst viel von ihrem Nektar, wenn die Muschi über mein Gesicht glitt. Gleichzeitig stülpte sie ihre Lippen immer tiefer über meinen Schwanz. Unglaublich, dass Anna ihn so tief aufnehmen konnte. Deutlich spürte ich den Anschlag in ihrem Rachen. Ihre Lippen arbeiteten heftig dabei am Penisschaft, sodass ich beinahe zur Explosion kam.

Gerade noch rechtzeitig ließ sie von meinem Schwanz ab, löste das Band um meine Eier und hob meine Beine an. Ich streckte ihr befreit meinen Po entgegen. Da spürte ich wieder etwas an der Spitze meiner Eichel. Es war aber diesmal nicht ihre Zunge. Mit leichten bohrenden Bewegungen schob sie mir etwas ins Loch, steigerte den Druck allmählich und plötzlich rutschte das Ding wie von selbst rein. Ich spürte, wie die Harnröhre leicht gedehnt wurde und dieses Etwas immer tiefer eindrang. Ein unbeschreiblich geiles Gefühl. Was auch immer das ist, sie ließ es drin stecken und ich hörte nur ein befriedigendes „so", von ihr.

Ich spürte ihre Finger, wie sie sich durch die Pospalte tastete und immer wieder etwas Öl dazu gab. Mit wenig Druck drangen ihre Finger langsam in mich ein. Mein Schließmuskel entspannte sich sehr rasch. „Wie mutig wird sie wohl sein?", fuhr es mir durch den Kopf. Wie viele Finger lässt sie in meinen Hintern eintauchen? Zwei Fingern waren jetzt drin. Sie bewegte die Finger innen im Kreis, rieb an der vorderen Seite entlang und streifte leicht meine Prostata. Ein Zucken der Wollust schoss durch meinen Körper, was von ihr mit einem „Aaaaah" kommentiert wurde. Sie wollte noch tiefer eindringen, um diese empfindliche Stelle zu erreichen, aber die Hand steckte fest, die Finger waren zu kurz. Kurzentschlossen nahm sie einen weiteren Finger dazu und noch einen.

Ich jubelte! Ich mochte dieses Dehnen. Schauer jagten mir bis in die Zehenspitzen. Sollten meine wilden Fantasien in Erfüllung gehen? Würde sie ganz eindringen? Jedenfalls begann Sie mich so zu ficken, bis ich nicht mehr ruhig liegen konnte. Das Gefühl übertraf alles, was ich mir bisher immer nur vorgestellt habe. Was sie da mit mir anstellte, übertraf alles. Als sie sogar den Daumen dazu nahm, wagte ich nicht mehr zu atmen. Sie presste mit der ganzen Hand in den Anus rein. Das Dehnen bereitete mir ungeheure Lust. Waren es mehr Schmerzen oder mehr Lust? Millimeter um Millimeter drang sie ein. Es war diese Mischung aus Schmerz und Lust, die mich unglaublich erregte. „Bleib da, lass es so", ging mir durch den Kopf. „Lass es mich lange spüren."

Dann war die Hand drin. Ich spürte, dass die Dehnung aufgrund ihres schlanken Handgelenkes geringer war. Der Druck im Innern hatte aber extrem zugenommen. Der Druck auf die Prostata bewirkte einen Samenausstoß, der aber gestaut wurde, weil sie mir ja dieses Ding in die Harnröhre gesteckt hatte. Ich explodierte förmlich vor Geilheit. Die Vorstellung, eine ganze Hand im Arsch zu haben, raubte mir immer noch den Atem. Mit langsamen Bewegungen fickte sie nun meinen Arsch und jedes Mal am tiefsten Punkt massierte sie die Prostata. Mein Schwanz zuckte dabei in die Höhe wie von einem elektrischen Schlag getroffen. Auch drehte sie die Hand, was mich fast um den Verstand brachte. So viel Reiz war für mich unvorstellbar.

Aber Anna hatte mehr im Sinn. Langsam zog sie ihre Hand zurück, um mir einen sechs cm dicken Dildo rein zu rammen, bis er an diesem empfindlichen Punkt anstieß und sich nicht mehr tiefer rein drücken ließ. Sie drückte meine Beine wieder aufs Bett, zog das Ding aus meiner Harnröhre und blies mir für kurze Zeit meinen Schwanz. Aber das war nur eine Beruhigung. Als sie sich dann langsam auf meinen Schwanz setzte, war ich wie elektrisiert. Ich war im Rausch, die Reize überfluteten mich. Sanft begann sie mich zu ficken. Sie war patschnass und tropfte. Alles hatte sie mit großer Hingabe gemacht und sich dabei ihren Anteil geholt.

Meine Erregung steigert sich wieder mehr und mehr. Der Dildo in meinem Arsch drückte bei jedem Stoß und trug sicher dazu bei. Besonders als sie mich fester ritt und immer wilder wurde. Sie nahm jetzt keine Rücksicht mehr auf mich. Sie dachte jetzt nur noch an sich selbst. Dieses Aufgeilen bis zu ihrem Orgasmus, dieser Druck auf die Prostata, führte mich zu einem heftigen Höhenflug, bei dem ich innerlich bebte. Ich spürte, wie sich ihre Muschi hart um meinen Schwanz zusammen zog. So konnten wir das gemeinsame Gewitter sich entladen lassen und genossen dabei jedes Donnern und Nachbeben.

Eine ganze Weile blieben wir erschöpft miteinander verbunden liegen. Sie legte sich danach auf mich und wir ließen so unsere Glücksgefühle auf uns wirken. Unsere Erregungen konnten nun langsam abklingen. Ein wunderschöner Moment, ein wunderschönes Geschenk. Anna aber kniete sich hin, löste die Bänder an meinen Händen und drehte sich, sodass ihre Muschi wieder über meinem Gesicht war. Es war gewissermaßen der Nachtisch. Gierig leckte ich diese Mischung aus ihrem herrlichen Nektar und meinem Sperma. Anna aber tat sich derweil an meinem Schwanz gütlich.

Kleine Fickträumereien beim Mondesschein.

Es war noch unerträglich heiß, sodass ich auf dem Balkon nicht liegen konnte. Also ging ich ins Schlafzimmer und legte mich nackt auf das Bett. Ich sah den Mond unseren hellen Stern direkt mittig, wie er auf mein Bett durch das offene Fenster schien. Meine Gedanken verloren sich. Endlich konnte ich schlafen. Meine Gedanken kreisten nur um dich. Ich spürte Wind, ich spürte dich. Ich wusste, du bist da.

Eine Hand lag auf meinem Bauch, die andere auf meiner Brust. Ganz langsam krallte ich ein wenig die Finger. Die Spannung reichte schon, um ein wohliges Gefühl zu erzeugen. Ich zog mehr an der Haut und spürte, wie meine Klitoris mir sagte, wie geil ich bin. "Mach mehr", hörte ich. Ihm würde es gefallen. Er wollte dich jetzt ficken. Wieder war da dieser Wind, der mich erschauern lies.

Meine beiden Finger der linken Hand spielten jetzt mit dieser dünnen Haut oberhalb meiner Perle. Ich rieb sie zwischen den Fingern, ohne meine Muschi zu berühren, immer weiter. Sanft drückte ich meine Schamlippen in meine heiße Grotte. Es war so, als ob ich deinen Steifen spüren konnte. Es zog sich in mir alles zusammen. Da war dieses Grollen, das ich war nahm. Es wird ein gewaltiger Orgasmus, sagte es mir.

Mit zwei Fingern in der Votze und die andere Hand an einer Titte, schob ich mich über die Kante. Ein Blitz, ein Donner folgte und dieses lang gezogene Grollen des Himmels begleitete immer wieder folgende gewaltige Orgasmen. Bei Blitz und Donner ließ ich dich sehr lange in mir spüren. Es zuckte in mir und ich atmete heftig mit offenem Mund. Ich weiß nicht mehr wie oft ich kam, doch es war so berauschend schön. Ach mein Süßer, ich war bei dir.

Als dann dieser prasselnde Regen einsetzte, kuschelte ich mich an dich. Du legtest dann erst richtig los. Wir fickten die ganze Nacht. Ich war so schön geil mit dir.

Thomas

Ja, der Thomas ist stolz auf seine bildhübsche Diana. Er liebt sie über alles. Diana ist eine wilde Stute, die er immer wieder einfangen muss. Thomas liebt seine Frau und er gönnt ihr die Eskapaden. Dann aber spürt Diana, dass da mehr ist. Thomas ist regelrecht wild auf kleine Fetische. Dabei ist er nicht der Langweiler, den er spielt. So beginnt Diana ihn zu umgarnen, zu verwöhnen und in süße Abenteuer zu verwickeln.

Geile Träume, meine Frau wurde gefickt.

Mal wieder war ich auf der Suche nach meinem Lieblings-T-Shirt, das sicher den Weg in den Wäschekorb gefunden hatte. Also durchsuchte ich den Wäschekorb und wurde sofort aufmerksam auf ein getragenes Höschen von meiner Frau. Ich war kurz davor, mich wieder einmal dem Begehren hinzugeben, an dem getragenen Höschen meiner Frau zu riechen und den Duft ihres Muschisaftes und ihrer süßen Rosette einzuatmen.

Schon letzte Woche konnte ich nicht der Versuchung widerstehen, eines ihrer getragenen Höschen zu nehmen, um ausgiebig ihre Düfte einzuatmen und mich dabei zu wichsen. Letztendlich wollte ich kommen und auf das getragene Höschen meiner Frau spritzen, genau auf die Stelle, wo ihr Muschisaft erkennbar war. Ich konnte auch nicht widerstehen, mein Sperma vom Höschen meiner Frau zu lecken, um den Geschmack meines noch warmen Spermas und den Muschisaft meiner Frau, in einem wunderbaren Cocktail vereint, zu genießen. Gerade wollte ich an dem Höschen meiner Frau riechen, als die Tür aufging und meine Frau nach Hause kam. Ich konnte ihr Höschen schnell wieder im Wäschekorb verschwinden lassen und ging ihr entgegen, um sie mit einem intensiven Kuss zu begrüßen.

Sie hatte sich geschäftlich mit einem Kollegen getroffen, von dem ich wusste, dass er sehr attraktiv und sexy war. Natürlich war ich ein wenig eifersüchtig, aber ich wollte mir nichts anmerken lassen. Sie erwiderte meine Begrüßung mit einem süßen und zufriedenen Lächeln. Ihre Haare waren etwas durcheinander, obwohl draußen kein Lüftchen wehte. Zu meiner Freude und auch Überraschung trug meine Frau ein enganliegendes, knielanges, dekolletiertes Kleid und ihre wunderschönen Schnür-High-Heels, welche ihren wunderschönen Füßen eine wunderbar sexy Form gaben und sie deshalb noch aufregender zur Geltung brachten.

Ein Traum für einen Fußfetischisten wie mich! Ich konnte mich noch genau erinnern, wo wir diese wunderschönen High Heels kauften. Sie trug sie zum ersten Mal splitternackt im Hotel von Florenz. Den Anblick ihres nackten Körpers und den dieser wunderschönen High Heels an ihren sexy Füssen, werde ich nie vergessen und auch nicht meinen Orgasmus, den ich hatte, als sie ihre wunderschön nasse Votze fickte, während ich ihre Füße küsste und leckte.

Ich war neugierig, wie das geschäftliche Treffen mit ihrem Kollegen abgelaufen war. Ich spürte Eifersucht aber auch eine starke Erregung bei dem Gedanken, dass ihr Kollege seine Blicke nicht vom Körper meiner Frau lassen konnte. Als ich sie in den Arm nahm und küsste, merkte ich, dass sie meinen Kuss nicht sofort erwidern wollte. Als sich unsere Lippen berührten, schmeckte ich einen etwas anderen Geschmack als den, den ich gewohnt war. Ich wusste nicht sofort, nach was es schmeckte, obwohl es mir bekannt vorkam. Ich genoss es dennoch, sie intensiv und ausgiebig zu küssen. In mir brannte die Lust, meine Frau zu schmecken, zu riechen, zu lecken und einfach nur geil zu ficken! Ich flüsterte ihr ins Ohr, dass ich die ganze Zeit an sie dachte, wunderschöne Fantasien hatte und dass ich es nicht erwarten konnte, sie zu genießen.

Ihre Reaktion war etwas zurückhaltend und sie sagte, dass sie einfach ein wenig zu müde sei und gerne schlafen gehen möchte. Ich konnte jedoch nicht der Versuchung widerstehen, meine Hände unter ihr Kleid gleiten zu lassen, um ihre Muschi durch ihr Höschen zu spüren. Zu meiner Überraschung bemerkte ich, dass meine Frau kein Höschen trug und ihre Möse sehr feucht war. Ihr Blick verriet mir, dass ich sie ertappt hatte und sie deshalb nicht so richtig wusste, wie sie darauf reagieren sollte. Ich nutzte ich die Gelegenheit ihres Zögerns und küsste sie noch intensiver und wusste dabei genau, dass sie lieber meinem Verlangen nachgeben würde, anstatt mir eine Erklärung geben zu müssen. Mein Herz raste und ich spürte brennende Eifersucht und noch viel intensivere Geilheit beim Gedanken, dass dieser Kollege den Versuchungen von meiner Frau ausgehend, nicht widerstehen konnte und sie sich ihm voll und ganz hingab.

Ich führte meine Frau ins Wohnzimmer zu unserer gemütlichen Couch, auf der wir schon sehr oft ausgiebig und leidenschaftlich gefickt hatten. Ich öffnete ihr Kleid, um ihre wunderschönen Brüste frei zu machen. Dann legte ich sie auf die Couch und spreizte ihr die Beine. Ihre wunderschöne Votze öffnete sich vor mir und ich konnte sehen, wie feucht sie war. Ihrem Blick konnte ich eine gewisse Unsicherheit entnehmen, mich ihre Votze genießen zu lassen. Gleichzeitig wusste sie, dass, wenn sie sich zurück ziehen würde, dann würde ich sie vielleicht darauf ansprechen, warum sie kein Höschen trug. Und darauf wollte sie vielleicht lieber nicht antworten.

Ich konnte mich jetzt einfach nicht mehr zurückhalten und wollte ihre Votze schmecken und ausgiebig lecken. Sie schmeckte einfach irgendwie anders. Es war ein neuer, aber mir trotzdem bekannter Geschmack. Ein Geschmack von Sperma und ihrem Mösensaft zu einem wunderbaren Cocktail gemixt. Ich wurde verrückt vor Geilheit, hatte ich doch so oft davon fantasiert, das Sperma eines anderen Mannes aus der bezaubernden Muschi meiner Frau zu lecken. In meiner Fantasie wollte ich natürlich zusehen, wie der Schwanz eines anderen Mannes ihre Votze leidenschaftlich fickt und ihre Möse mit seinem Sperma flutet. Meine Sinne waren benebelt vor Geilheit und mein Schwanz war hart wie Stein und meine Frau stöhnte vor Lust. Es war unglaublich, wie viel Sperma ich immer noch aus der Votze meiner Frau lecken konnte. Ihr Kollege musste einen unglaublich großen Schwanz haben, der in Regionen ihrer Votze vordringen konnte, die ich mit meinem Schwanz nicht erreichen konnte. Dieser Gedanke machte mich noch geiler.

Als ich eine kurze Leckpause einlegte, um den Anblick der Votze meiner Frau zu genießen, konnte ich sehen, dass es auch aus ihrem süßen Arschlöchlein rann. Ich konnte es nicht fassen. Hatte dieser Hengst von Kollege tatsächlich meine Frau in ihren Mund, Votze und ihren Arsch gefickt? Ich musste es wissen und drückte die Beine meiner Frau weiter zurück, sodass ich meine Zunge wunderbar in ihr enges Arschloch schieben konnte. Und dann war ich mir sicher, dass er mit meiner Frau genüsslichen Analverkehr hatte.

Sie in den Arsch gefickt und mit seinem Sperma gefüllt zu haben, sie somit mit Sicherheit zur Ekstase gebracht zu haben, war ein Gedanke der mich wochenlang beschäftigte. Es waren Wochen der Erfüllung. Ich begehrte meine Frau sehr oft und sie dankte es mir. Unsere Ehe war noch intimer, noch vertraulicher, noch hingebungsvoller geworden. Dann aber überraschte sie mich, als sie mich fragte: "Ich habe Verlangen nach ihm und dir. Möchtest du nicht dabei sein und zuschauen? Das würde mich noch mehr aufgeilen und ist ein geheimer Wunsch von mir."

Geile Träume, Diana's geheimer Wunsch

Ich war immer hin- und hergerissen zwischen Eifersucht und dem geilen Verlangen meiner Frau, von anderen Männern gefickt zu werden. Wir haben häufig über diese Fantasie gesprochen. Diana hat mich dann oft gereizt und mit ihren Füßen verwöhnt. Immer hatte ich dann ihre glänzenden Schamlippen im Blick und stellte mir vor, wie der Samen eines anderen Mannes zwischen ihnen hervorquoll. Lange war ja nicht klar, ob diese Fantasie nun eine Fantasie bleiben würde, oder ob sie nicht doch eines Tages zur Realität werden würde. Dieser Erwartungshaltung geschuldet, waren wir uns bewusst, dass unsere Ehe dadurch einen frischen Kick bekommen hatte. Wir waren deutlich geiler aufeinander und Diana verwöhnte mich ausgiebiger und noch intensiver. Ja, sie hatte sogar begonnen, mich mit dem Finger zu ficken. Dafür hatte ich sie häufiger auch in den Po gefickt.

Immer wenn ich das tat, sah mich Diana lange an, als ob sie über diese Fantasie nachdachte. Ich war sicher, dass es so war und wollte etwas organisieren, um ihre Fantasie Realität werden zu lassen. Was mir nicht bewusst war, war die Tatsache, dass Diana immer öfter von dieser Fantasie träumte. Dabei spielte sie mit ihrer Muschi und masturbierte alleine, um ihre Orgasmen voll genießen zu können. Immer häufiger sprach sie auch von einer Baba, der sie in einem Café begegnet war und mit der sie danach einige male zusammen unterwegs war. Sie schilderte sie als attraktiv und sexuell sehr aktiv. Sie meinte sogar, Baba mag nicht nur Männer, sondern auch Frauen.

Baba hatte Diana in ihrem Verlangen nach Lustgewinn bestärkt und sie aufgefordert, die Signale der Männer, die sie mit ihren Blicken aussendeten, intensiver wahrzunehmen und als Werbung für sich zu akzeptieren. Schließlich war Baba der Meinung, dass eine so hübsche Frau wie meine, sich das gefallen lassen und genießen sollte. Solche Komplimente sind die kleinen Freuden im Leben, auch dann, wenn es danach nicht gleich ins im Bett geht. Das machte mich richtig stolz auf meine Frau. Ich weiß, ich liebe meine Frau. Aber in solchen Situationen wurde mir immer wieder bewusst, wie sehr sie mich liebte und wie sehr ihr Vertrauen zu mir gewachsen war, obwohl sie mich, streng genommen, betrogen hatte. Aber das war mir egal. Es machte mich ja nur noch geiler. Schließlich hatte sie mich ja auch daran teilhaben lassen.

In der Woche darauf bekam ich eine Whats-App-Nachricht von meiner Frau. Sie fragte mich, ob ich nachmittags um 16:00 in ein Café kommen könnte. Sie wollte sich mit Baba treffen und sie mir bei dieser Gelegenheit einmal vorstellen. Ich stimmte zu und begab mich zum besagten Café und wartete dort eine Weile auf die Beiden. Als ich gerade telefonieren wollte, erhielt ich eine weitere Whatsapp-Nachricht von ihr. Sie schickte mir ein Bild, darauf war sie zusammen mit einem anderen Mann zu sehen. Ich solle doch in ein bestimmtes Hotel kommen, stand dort noch geschrieben. Mir wurde schwindelig. Was hatte das zu bedeuten? Was hatten sie mit mir vor. Jedenfalls begab ich mich schnell zum Hotel, welches gleich nebenan gelegen war. In der Empfangshalle sprach mich eine Frau an. Sie stellte sich als Baba vor. Jetzt war ich völlig verwirrt.

Baba nahm, als ob es das natürlichste auf der Welt ist, meine Hand. Sie verriet mir, dass sie wisse, dass Diana und auch ich, ja eine bestimmte sexuelle Fantasie haben und dass es der große Wunsch von meiner Frau ist, diese Fantasie mal Wirklichkeit werden zu lassen. Sofort war ich geil. Ich spürte meinen Schwanz in der Hose. Als Baba darüber strich und meinte, der Tag verspricht ja ein Erfolg zu werden, zog sie mich sofort Richtung Fahrstuhl und setzte dabei schnell noch eine Whatsapp-Nachricht ab. Wir gingen auf Flur 5 direkt in ein Zimmer. Ich sah meine Frau auf dem Bett. Die Beine hatte sie hochgestreckt. Vor ihr stand ein Mann, nein ein muskulöser Adonis, mit einer erigierten harten Latte. Dann ging er auf meine Frau zu.

Ich fand diesen Mann wirklich attraktiv und war am überlegen, wie es wohl wäre, wenn er mich fickte und Diana dabei zuschauen würde. Schließlich hatte ich es ja mal mit den Dildos von Diana ausprobiert. Dieser Mann aber forderte mich auf, an seine Seite zu kommen und mich dort hinzuknien. Dann rammte er seinen Schwanz in die Votze meiner Frau. Sie schrie kurz auf und stemmte sich dagegen. Mehr noch, sie nahm sofort seinen Rhythmus auf. Ich wusste genau, was es bedeutete. Sie war völlig nass, ihre Votze triefte nach wenigen Zügen. Sie hatte es sich so sehr gewünscht und ich sollte dabei sein. Als der Mann seinen Schwanz rauszog und ihn mir hinhielt, blieb mir vor Überraschung erst mal die Luft weg. Schnell hatte ich mich wieder gefangen, griff zu und schob ihn mir in den Mund. Der Mann fickte mir den Mund und ich spürte seinen Lustriegel in meinem Rachen. Ich genoss es. Es war die Erfüllung meiner Träume, die manchmal ja schon Alpträume waren. Beim zweiten Mal fasste ich an seine Eier und zog ihn an mich. Beim dritten Mal wollte ich an seinen Po, da war aber schon eine andere Hand. Da war Baba, die jetzt nackt war und das „Gelände" erkundete. Jetzt zog ich mich auch aus und mein Schwanz schnellte dabei aus der Hose. Als ich ihn wichsen wollte, hinderte Baba mich daran mit den Worten: „Nicht jetzt!" Dann verschwand der Schwanz von dem Mann im Arsch meiner Frau, um ihn dann wieder in meinem Mund zu stoßen. Jetzt konnte ich es schmecken. Diese Geilheit, die Votze und den Arsch meiner Frau und den Schwanz von diesem Kerl. Ich konnte es nicht verhindern, mein Schwanz tropfte. Es war Baba, die sich sofort darum kümmerte. Dann aber spritzte der Mann in Dianas Votze ab, wechselte blitzschnell in ihren Arsch, sodass dieser auch noch was abbekam. Danach verschwand er.

Ich stellte mich, ohne lange zu zögern, zwischen die Beine meiner Frau und drückte ihre Knie an ihre Brüste. Sie spreizte die Beine weit auseinander. Sie hatte mich erwartet. Genüsslich leckte ich den warmen Samen und ihren Votzenschleim. Ich konnte gar nicht genug bekommen. Ihr Arsch, ihre Votze, alles schmeckte so herrlich. Ich weiß nicht genau, wie lange ich mich wild mit ihrer Votze beschäftigte. Aber es war so lange, bis nichts mehr vom Schleim oder Sahne abzulecken war. Diana nahm meinen Kopf zwischen ihre Hände und zog mich zu sich hin. Sie küsste mich hingebungsvoll. „Endlich schmecke ich dich auch mal, aber das reicht mir jetzt nicht." Mit diesen Worten dirigierte sie sogleich meinen Schwanz in ihre Votze. Ich kam nicht zum Ficken. Diana schwang ihre Beine hinter meinem Rücken und begann mich mit ihrem Becken zu ficken. Ich kniete immer noch vor dem Bett auf dem Boden und konnte nichts weiter dazu beitragen. Diana war wie berauscht. Das war ein Melken, ein Einsaugen, ein Kneten und ein Kreisen. Sie wollte meinen Orgasmus. Dabei spürte ich erst jetzt, dass Baba wohl mit ihren Fingern durch meine Kerbe ging. Jedesmal wenn sie über die Rosette strich, zuckte ich zusammen. Aber da tat sich noch mehr. Sie tat etwas Gleitmittel darauf und ehe ich begriff, schob sie einen Finger in meinen Po. Sofort stieß ich heftiger zu. Ich überließ es nicht mehr Diana allein. Der Finger drang tief ein, fand meine Prostata, die er jetzt schön knetete. Ich spürte, wie ich kleine Portionen abspritzte. Ich hatte nichts mehr unter Kontrolle.

Dann drang etwas Hartes in meinen Arsch. Ich zuckte und zog reflexartig meine Arschbacken zusammen und stieß dabei noch kräftiger in Diana rein. Es war Baba, die mich fickte. Ich war atemlos, wütend, beglückt, aufgeregt. Ich war absolut durch den Wind. Die Frauen machten weiter und ich lauschte in mich hinein. Es war wundervoll. Diana drehte sich, nahm meinen Schwanz in den Mund und bot mir ihre Votze an. Baba fickte jetzt um so mehr. Ich jubelte. Ich kam in Dianas Mund und schmeckte danach doch wieder den Mann und Dianas Votze. Erschöpft lag ich neben Baba und Diana. Baba leckte mir den Schwanz zärtlich ab. „Woher wusstet ihr von dem Anal-Wunsch?", fragte ich die beiden. „Wir wussten gar nichts. Wir hatten es geahnt, weil du mal die Dildos von Diana benutzt hattest. Aber so richtig sicher waren wir nicht!", war die Antwort.

Geile Träume, Diana und Jan im Taumel der Lust

Von all den Vorbereitungen zu diesem Treffen hatte ich keine Ahnung. Diana und Babara hatten sich deshalb wohl intensiv ausgetauscht. Diana hatte festgestellt, sie sei nunmehr wie ausgewechselt. Sie empfand seitdem ihre Verbundenheit mit Jan viel intensiver. Sie verriet ihr wohl auch, dass jetzt weitere geile und tabulose Träume in ihrem Kopf herumschwirrten. Also war mittlerweile zwischen Diana und Babara ein Vertrauen gewachsen und Babara wusste nun, dass Diana mehr erleben wollte. Am liebsten wäre ihr, einen Mann zusätzlich dabeizuhaben. Sie meinte, das wäre ein ideales Trio für mich. Babara wusste auch, dass jedes Mal, wenn meine Frau das Thema, „einem Mann den Schwanz zu blasen" ansprach, wurde sie umgehend von mir gefickt, so geil machte mich das. Ich schmeckte doch so gerne Sperma von einem anderen Mann. Mit diesem Fetisch von mir hatte sich Diana wohl abgefunden. Nur für mich war das zu dem Zeitpunkt nicht so klar.

Babara hatte bereits begonnen, zu organisieren. Wie ich nach unserer herrlichen Fickerei in der Sauna erfuhr, lief ihr zufällig Rita wieder über den Weg. Die beiden hatten diese süßen, typischen intimen Frauengespräche. Da kam Babara wohl in den Sinn, Rita und ihren Mann Eberhard in ihre Planung ein zu beziehen. Aber Babara gab ja auch zu, dass sie Eberhard gerne mal wieder ficken wollte. Allein der Gedanke an Eberhard machte sie schon nervös. Hatte er doch ein wirklich großzügiges Prachtexemplar von Penis, den jede Frau unbedingt einmal in sich haben sollte! Allein, wenn ich jetzt dran denke, bekomme ich eine Latte in meiner Hose.

Diese Sabrina ist ja wirklich ein tolles Exemplar von Geilheit. So wie ich sie kennenlernte, ist sie zu allem jederzeit bereit. Diese Party wäre nicht so ein einschneidendes Erlebnis für mich und Diana geworden, wenn sie nicht in diese fantastischen Vorbereitungen investiert hätte. Ihr Mann Frank wusste genau, was für eine tolle Frau er hatte. Schließlich war er sich bewusst, dass sie vieles auch nur extra für ihn macht. Diese Spielwiese, die sie organisiert hatte, war schon klasse. Auf vier Quadratmeter in der Höhe eines Bettes und mit einer Umrandung von einem Meter breiten Matratzen, hatten wir alle Platz und konnten uns zuschauen. Aber der Keller mit der Sauna und der Duschanlage war ja eine Planschwiese zum Fingern und Ficken der besonderen Art. Mit dabei war auch noch eine Aglaia in Begleitung von ihrem Mann Achim, der Tantramann. Wenn ich bedenke, dass sich ausgebildete Physiotherapeuten mit all ihren Kenntnissen in eine Sexparty für Diana und mich einbringen, dann verschlägt es mir jetzt noch den Atem.

Aber dass Babara sich diese Mühe gemacht hatte, alles zu koordinieren und damit zum Erfolg zu führen, war ebenso beeindruckend. Diese lieben Freunde und Ficker sagten es ja, dass sie nur eine klare Ansage brauchen. Babara hatte eben ein Händchen dafür. Die Partys und Sitzungen mit Steffanie waren immer schon ein großer Erfolg. Babara selber zweifelte ja immer vorher, ob es wieder so eine gelungene Sache werden würde. Ich konnte sie in dieser Hinsicht sehr gut verstehen. Wenn man sich ihren Lebenslauf genauer anschaut, hatte sich ihr Leben ja mittlerweile völlig verändert. Früher war sie von ihrem Mann weggelaufen und heute organisiert sie die schönsten Sexpartys, bei denen alle so scharf und dankbar sind, sich einbringen zu dürfen.

Als Diana und ich das Wohnzimmer betraten, war alles hergerichtet. Die riesige Spielwiese im Wohnzimmer war schon beeindruckend. Aglaia hatte ihre transparenten Gewänder für die Frauen mitgebracht. Für die Männer hatte sie außerdem einige Sackhalter aus ihrer Praxis bereitgelegt. Eben solche, die unwirksam sind, wenn sie einen erigierten Penis halten sollten. Es sollte wohl mehr ein Spaß für alle werden. Beim gegenseitigen Vorstellen und Sichbekanntmachen, war Rita sehr beeindruckt. Sie mochte Menschen, die so wie sie gestrickt waren. Für ihren Mann war dieser Sackhalter viel zu klein. Etwas amüsiert war ich, wie die anderen Männer erstaunt und überrascht auf sein bestes Stück schauten. Es sah so aus, dass er es gewohnt war und ertrug es deshalb mit Fassung.

Dann kamen die Frauen in den durchsichtigen Gewändern, wie Feen auf uns zu. Dahinter blieben die Männer, die ihre Schwänze in den Händen hatten. Mein Schwanz begann sofort zu zucken. Ehe ich es begriff, hatten sie Diana zu dieser großen Spielwiese gebracht. Mein Gott, so ein Riesenteil von Bett und Umrandung hatte ich noch nie gesehen. Diana lag jetzt an der Bettkante auf dem Rücken. Die anderen Frauen nahmen ihr die Beine hoch und drückten ihr die Knie an die Brüste.

Wie in einem Tempel der Hohepriester, trat plötzlich dieser Mann zwischen ihre Beine und drückte seinen Schwanz in ihre Votze. Diana seufzte, aber sie nahm seinen Schwanz sichtlich erfreut auf. Ich erkannte Babara, die mich bei der Hand nahm und mir andeutete, ich solle Diana küssen. Diana zog mich zu sich runter und begann mich heiß zu küssen. Ich spürte die Stöße des Mannes und wurde immer geiler. Als ich aufblickte, war da plötzlich sein Schwanz vor mir. Der Mann packte mich am Kopf und sofort hatte ich den Schwanz in meinem Mund. Ich begriff es nun, das war die Wiederholung des Spiels aus dem Hotel. Aber ich konnte nicht mehr denken. Mein Schwanz war zum Bersten stramm.

Diana schrie. Er hatte seinen Schwanz in ihren Arsch gewuchtet und fickte sie seelenruhig mit ganzer Länge. Ich stürzte mich auf Dianas Votze und schleckte sie, wobei der Schwanz immer wieder über meine Wange glitt. Dann bekam ich seinen Schwanz aus Dianas Arsch zum Blasen und küsste anschließend Diana, die nun auch sich und den Schwanz von ihm schmeckte. Eberhard drehte seinen Schwanz dermaßen in ihr, dass ihre Bauchdecke sich hob und senkte. Diana bekam kaum noch Luft, konnte kaum noch küssen. Sie war voll gefordert und ich sah, wie sie es genoss, wie ihre Augen rollten, wie ihre Hände sich verkrampften. Dann hatte sie ihren ersten Orgasmus.

Ich war so geil und begann zu wichsen. Aber sofort kam Babara, die mir meinen Schwanz aus der Hand nahm und mir sanft durch die Pokerbe strich. Mehr noch, ich spürte Gleitcreme und dann war ein Finger in meinem Arsch. Es war alles wie in einem Traum. Wie in Trance sah ich Diana. Sie wand sich unter den Stößen und hielt sich an mir fest. Ich wollte sie küssen, dann aber klatschte der Samen von Frank mit aller Wucht auf ihre Votze und Arschrosette. Ich war wie hypnotisiert. Wie unter Zwang leckte ich ihre Kerbe vom Arsch bis zur Klitoris aus, um sie dann zu küssten. Frank hatte den noch harten Penis wieder in ihre Votze gerammt. Wieder wollte ich wichsen und wieder wurde meine Hand beiseitegeschoben. Diana und ich genossen uns und den Geschmack des Samens eine ganze Weile. Dann spürte ich meinen Arsch. Was war da im Gange?

Ich schrie auf, aber da war es schon fast vorbei. Der Strap On von Babara war voll in meinen Arsch eingedrungen, gleichzeitig wurde Frank, der gerade Diana gefickt hatte, zur Seite geführt und Sabrina machte sich schon bereit, ihn zu ficken. Ich spürte eine wohlige Wärme und drückte meinen Arsch Babara entgegen. Diana hielt mich fest, sie spürte meine Lust aufkommen. Dann schrie sie wieder. Achim begann sie zu ficken. Es wiederholte sich. Ihre Votze und ihr Arsch wurden gefickt. Wir waren beide mehr als geil, unsere Hände verkrampften sich ineinander. Diana war weit offen und ich spürte eine ungeheure Lust, selber zu ficken. Diana wollte ich ficken, nur Diana. Aber dann leckte ich den Samen von Achim aus ihrem Arsch und aus ihrer Votze.

Jetzt fickte auch Aglaia ihren Achim, während Sabrina jubelte. Der Strap On hatte sie so gereizt, dass sie einen Orgasmus bekam. Alle waren mit sich beschäftigt und genossen ihre Gefühle. Eine geile Situation, die mich verwirrte. Aber jetzt war es Eberhard, der seinen Schwanz in Diana versenkte. Ihr Votzenschleim hatte sich zusammen mit dem Gleitgel zu einem weißen Schaum verbunden. Ich war geil darauf und versuchte, sie zu lecken. Aber dann erst bemerkte ich, was für ein Schwanz das war. Diana stöhnte. Sie wurde regelrecht aufgeweitet. Ich spürte ihre Orgasmen. Ganze Serien konnte ich mit der Hand und der Zunge fühlen. „Ich will spritzen, ich will ficken!", ging es durch meinen Kopf. Aber dann sah ich Dianas Hand an dem Schwanz, wie sie ihn auf ihre Rosette dirigierte. Sie wollte das Monstrum im Arsch haben? Ich verstand die Welt nicht mehr. Dann aber war er drin und Diana atmete schwer. Sie stemmte sich dagegen, bis er locker rein und raus glitt. Sie senkte die Knie und deutete an, von unten nach oben gegen die Bauchdecke zu stoßen.

Ich erkannte meine Diana nicht mehr wieder. Quer durch den Bauch gefickt, erschien immer eine Beule auf ihrer Bauchdecke. Diana schien kaum noch zu atmen, kaum noch etwas wahrzunehmen. Sie war völlig in sich gekehrt. Mit jedem Stoß entwich zischend die Luft aus ihren Lungen. Ich vergaß völlig, dass ich ebenfalls gefickt wurde. Ich sah nur noch Diana, die sich jetzt aufbäumte. Sie hob den Oberkörper, spannte sich an. Alle anderen sahen sie an, fickten nicht mehr. Dann schrie sie, wie in Panik, um sich dann wieder fallen zu lassen. Eberhard stieß noch einige Male zu, dann klatschte sein Samen, der für mich gedacht war, auf ihre Votze und Arschrosette. Und wieder begann das große Abschlecken.

Als Eberhard von Rita zur Seite genommen wurde, um gefickt zu werden, nahm Diana meinen Schwanz. Sie zerrte ihn regelrecht zu ihrer Votze. „So mein Süßer, jetzt fickst du das größte Scheunentor, das ich je hatte!" Und so war es dann auch. Das Gefühl, ins Nichts zu stoßen, hatte ich bei Diana noch nie. Aber ihre Küsse, ihre Zuwendung, ihre liebevolle Art mich zu küssen, war auch heute wieder besonders. „Fick ihn leer, Babara", sagte sie. Und Babara begann ihr Spiel. Rhythmisch synchron, zusammen mit meinen Ficken, fickte sie genau auf meine Prostata. Jetzt war es an mir, in weißem Nebel zu versinken. Meine Atmung ging nur noch stoßweise, ich spürte, wie ich schubweise Samen ausstieß und aber auch dem Orgasmus entgegen segelte. Dann kam dieses herrliche Zucken, diese immer herbeigesehnte Erlösung.

Traumhaft geil, diese Freundin von Diana

Ich hatte mich mit Christa auf einen Cappuccino in dem kleinen Café verabredet, in dem wir uns schon des Öfteren gemeinsam zusammen mit meiner Frau Diana trafen. Aber an diesem Tag bat mich Christa, alleine zu kommen und ich war neugierig darauf zu erfahren, was wohl der Grund dafür war, dass Christa mich alleine treffen wollte. Bestimmt würden wir viel über Erotik plaudern. So fieberte ich dem Treffen entgegen. Christa war eine Freundin meiner Frau und wusste sicher sehr viel über meine Vorlieben aus intimen Gesprächen mit ihr.

Dann aber bekam ich eine Mitteilung von Christa mit einem Bild von ihr auf mein Telefon geschickt. Das Bild zeigte sie in wunderschönen High Heels, gekleidet in einem eng anliegenden, knielangen Rock und einer weißen Bluse, welche wunderschöne Einblicke in ihr Dekolleté gewährte. Das Haar hatte sie hoch gesteckt und ihr Blick ließ mich dahin schmelzen. Ich sollte mich unverzüglich zur Damentoilette des Cafés begeben, was ich sofort aufgeregt in die Tat umsetzte.

Ich war nervös und gespannt auf das, was auf mich wartete. Als ich die Tür zur Damentoilette öffnete und eintrat, befand ich mich in einem Raum mit schwarzen, glänzenden Kacheln und vielen Kerzen. Dieser Raum besaß dadurch eine wunderschöne erotische Atmosphäre. Der Duft der Kerzen war betörend. Wo war aber Christa? Ich schaute mich um. Alles schien leer zu sein. Bin ich genarrt worden? Hatte sie in mir Hoffnungen geweckt, die sie nun nicht mehr erfüllen konnte?

Ich fand sie dann endlich doch noch. Das Bild brachte mein Blut in Wallung und mein Schwanz begann, sofort größer zu werden. Christa saß auf der Toilette auf dem heruntergeklappten Toilettendeckel. Ihren eng anliegenden Rock hatte sie ganz über ihre Hüften hochgezogen und ihre Beine weit gespreizt, um mir einen wunderbaren Einblick in ihre leicht geöffnete, feucht glänzende Votze zu gewähren. Sie lächelte mich einladend an. Aber zunächst konnte ich meinen Blick nicht von ihren weit gespreizten wunderschönen Beinen und ihren sexy Füßen in High Heels abwenden.

Ich war konfus. Es war traumhaft. Meine Sinne drohten mich zu verlassen und ich konnte keinen klaren Gedanken fassen. Wieso ich? Wieso Christa, die Freundin meiner Frau? Christa hatte ein laszives Lächeln im Gesicht und stützte sich leicht auf einer kleinen Ablage an der Toilettenwand ab, was mein Blut noch mehr in Wallung brachte. Ich spürte, dass ich jetzt ganz ihr gehörte. Ich wusste, dass alles was jetzt kommt, genau nach ihren Vorstellungen ablaufen würde.

„Ich weiß Thomas, du begehrst mich sehr", sagte sie. Ich spüre jedes Mal deine Blicke auf jeden Quadratzentimeter meines Körpers, wenn wir uns begegnen. Ich weiß, dass dir meine Füße gefallen, wenn ich High Heels trage und ich spüre, wie ich ein Teil von deinen geheimsten Fantasien werde."

Hatte Diana ihr all das verraten? Woher wusste sie das? Es stimmt ja auch, jetzt konnte ich meine Blicke nicht mehr von ihr lassen. Ihre Votze glänzte, sie war feucht. Christa war geil auf mich. Dieser Gedanke ließ mich nicht mehr los.

„Komm zeig mir, wie du deinen Schwanz wichst!", befahl sie mir. Wie mechanisch öffnete ich meine Hose und holte meinen Schwanz heraus und genoss es, vor Christa meinen Schwanz zu massieren und zu wichsen. Sie aber streckte mir ihren rechten Fuß entgegen und erlaubte mir, mich ihrem wunderschönen Fuß in ihren High Heels hinzugeben. Mit einer Hand wichste ich meinen Schwanz, während ich mit der anderen Hand Christas Fuß hielt und genüsslich ihre Zehen, einen nach dem anderen küsste und leckte. Es war wie ein herrlicher Traum für mich.

Ich genoss den wunderbaren Duft ihrer Füße, sowie auch den Duft des Leders ihrer High Heels, die sie trug. Ich küsste ihre Zehen, ihren Fußrücken, ihre Ferse und ihre Fußsohle. Sie hatte wunderschöne gepflegte Füße, die in ihren High Heels noch mehr zur Geltung kamen. Ich schwebte auf allen Wolken dieser Welt. Dann aber zog Christa ihren rechten Fuß zurück und hielt mir dafür ihren linken Fuß zum Genießen und Verwöhnen hin.

Während ich Christas Füße liebkoste, spielte sie mit ihrer immer praller und feuchter werdenden Muschi und ihrer Perle. Ich war wie im siebten Himmel und diese Toilette hatte mehr

Platz für besondere Spiele als eine gewöhnliche Toilette es bieten konnte. Erst jetzt bemerkte ich, dass Christa kein Parfüm benutzt hatte. Ich konnte mir vorstellen, dass sie das von meiner Frau wusste. Ich liebte doch den natürlichen Geruch eines weiblichen Körpers. Auch nach den körpereigenen Düften von Christa hatte ich mich immer gesehnt.

Sie hatte also alles bis ins kleinste Detail geplant, um mich zu verführen. Sie genoss es sichtlich, dass ich meine besonderen Vorlieben mit ihr ausleben wollte. Als sie ihren linken Fuß zurück zog, schaute sie mich ermahnend an: "Du weißt, du darfst mich schmecken, riechen und mich mit deinen Blicken verschlingen. Aber du darfst mich nicht ficken." Christa öffnete ihre Bluse und entblößte ihre atemberaubend schönen Titten mit ihren wunderbaren harten Nippeln.

Dann aber war da plötzlich jemand neben mir, der nach meinem steifen Schwanz griff und ihn weiter wichste. Am Duft erkannte ich, dass es meine Frau Diana war, die ganz eng hinter mir stand und mir ins Ohr flüsterte, dass sie es genießt, meinen harten Schwanz in ihrer Hand zu spüren und mich zu wichsen, während ich den Anblick von Christa genoss. Dann ließ Diana von mir ab und ging zu Christa, kniete sich neben ihr und begann ihre Brüste zu massieren und ihre Nippel zu lecken und zu saugen.

Ich verstand die Welt nicht mehr. Meine Frau und Christa wurden immer erregter und grenzenlos geil. Dann forderte mich aber Christa auf, dass ich auf ihre tropfnasse Votze wichsen solle. Dabei schauten mich Christa und Diana erwartungsvoll an. Ich war verwirrt. Fast mechanisch wichste ich mir den Schwanz ab. Es dauerte nicht lange und ich konnte und wollte mich nicht mehr zurückhalten und ergoss mein warmes Sperma, welches sogleich auf Christas Votze und auch über ihr süßes Arschlöchlein rann.

Mein Orgasmus war so stark, dass ich auch auf Christas Titten und auf Dianas Gesicht spritzte. Diana streifte sogleich die Spermatropfen mit ihren Fingern aus dem Gesicht und leckte sie genüsslich von ihren Fingern ab. Eigentlich sollte ich nach meinem starken Orgasmus eine Erleichterung spüren. Aber die Szene, in der ich mich befand, ließ meine Erregung nur noch mehr ansteigen. Jetzt wollte ich einfach nur noch Christas tropfnasse und mit Sperma bedeckte Votze und Rosette lecken.

Ich kniete mich zwischen die Beine von Christa. Bevor ich anfangen konnte sie zu lecken, glitt Christas Hand an ihre Votze und sie spreizte ihre Schamlippen noch mehr, um mir noch einen besseren Einblick in ihre perfekte Votze zu gewähren. Aber es war nicht nur der besondere Einblick in ihre Votze. Sie öffnete ihre Votze deshalb, um mir ihr Pipiloch zu zeigen. Ehe ich es begriff, spürte ich den wunderbar warmen Strahl ihrer Pisse auf meiner Brust.
Christa wusste also auch von meiner besonderen Vorliebe für Peespiele und genoss es sichtlich, mir diesen Wunsch erfüllen zu können. Es war für mich ein unglaublich geiler Anblick, ihre

pissende Votze zu betrachten und ihren warmen Strahl zu spüren.

Diana lächelte dazu und hielt kurz ihre Hand in Christas warmen Strahl. Als die letzten Tropfen tröpfelten, sagte Christa: "Jetzt darfst du mich sauber lecken! Meinen Muschisaft, dein Sperma und meine Pisse!" Es war wie Weihnachten und alle Feiertage zusammen. Ich verschlang jeden Tropfen von diesem köstlichen Cocktail und brachte Christa an den Rand eines Orgasmus. „Mach weiter!", ermutigte mich Diana, „ich lecke sie danach aus!"

Meine Diana und Christa. Wie hatten sich doch ihre Gelüste weiter entwickelt.

Traumhaft geil, das süße Leben Teil I

Da ich Diana in meine sexuellen Fantasien eingeweiht hatte, begann sie immer häufiger die Initiative zu übernehmen, wenn es um die Organisation von Sextreffen und ausgefallenen Fickereien ging. Ihre Freundin Christa hatte sie gewissermaßen mit eingeweiht. Ich wusste genau, dass sich irgendwann für mich die Gelegenheit bieten wird, Christa mal so richtig ficken zu können. Jetzt wollten wir sie in ihrem Haus am Gardasee besuchen.

Das Motorgeräusch war monoton und ich war auf der Fahrt dorthin auf dem Beifahrersitz eingeschlafen. Diana stoppte den Wagen, weil wir wegen eines Staus anhalten mussten. Dieser heiße Tag auf der Autobahn war für uns purer Stress. Diana hatte ein sehr weit ausgeschnittenes T-Shirt an. Sie musste ihren BH während der Fahrt wohl ausgezogen haben. Ich konnte ihre prachtvollen Brüste durch den Ärmelausschnitt sehen. Als Diana bemerkte, wie ich bewundernd in ihr T-Shirt sah, rückte sie auf dem Fahrersitz nach vorne. Ihr Rock schob sich dabei hoch und ich sah, dass sie auch kein Höschen anhatte. Unbekümmert steckte sie einen Finger in ihre Votze und hielt mir ihre Hand hin, damit ich ihn ablecke.

Dann erzählte mir Diana, dass sie einmal durch Zufall bei einer Fahrt auf ein süßes kleines Restaurant mit Fremdenzimmern gestoßen war. Die Wirtin war ihr vom ersten Moment an sehr sympathisch gewesen. Sie wisse nicht mehr genau, wie es geschehen konnte, aber sie war mit ihr schnell im Bett. Sie schilderte mir, dass die Wirtin ihr die ganze Zeit die Votze geleckt und verwöhnt hatte. Mein Schwanz schwoll schon alleine vom bloßen Zuhören an. Diana bemerkte das natürlich und provozierte mich weiter.

Sie drehte sich schnell zu mir und befreite meinen Schwanz aus der Hose. Ihre Finger gingen unter meinen Sack in Richtung After. Schon spürte ich ihre Finger in meinem Poloch und ihre Lippen, die heftig an meiner Eichel saugten. Mein Schwanz wurde so hart, dass es schon schmerzte. Einen Moment lang, versuchte ich an ihre Votze ran zu kommen, aber es war aussichtslos. Sie hatte mich voll im Griff und ich spritzte ihr eine geballte Ladung Sperma in den Mund. Uns blieb nur ein kurzer Moment, bis jemand hinter uns hupte. Wir konnten weiter fahren. Aufgegeilt bis in die Haarspitzen, legte ich jetzt meinen Kopf auf ihren Oberschenkel. Genüsslich führte ich meine Finger in Ihre Muschi ein, um mich von ihrem heißen Votzensaft berauschen zu lassen.

Christa trug ein schwarzes, kurzes Kleid und dazu schwarze Sandaletten, als sie uns vor ihrem Haus schon entgegen kam. An der Art der Umarmung erkannte ich, dass Christa scharf auf Diana war. Da funkte es mächtig. Im Hauseingang stand Chiara, die mir von Christa mit den Worten: „Das ist die heißeste Versuchung und Sünde Italiens!", vorgestellt wurde. Diese dunkelhaarige Frau trug fast das gleiche Kleid wie

53

Christa, nur in einer etwas helleren Farbe. Ihre Augen glänzten. Ich konnte ihre aufregende Geilheit darin erahnen. Drei Frauen in meiner Gegenwart. Und alle waren irgendwie mehr ausgezogen als angezogen. Ich hätte mich auf Anhieb nicht entscheiden können, welche von den Dreien ich am liebsten ficken wollte.

Ich umarmte Christa und spürte, wie sie ihre Titten an mich schmiegte. Von Chiara bekam ich nur einen Kuss auf die Wangen, dafür drückte sie mir ihren Oberschenkel zwischen meine Beine, als ob sie so testen wollte, was ich in der Hose habe. Meine Begierde und mein Verlangen wuchsen ins Unermessliche.

Im Haus trafen wir auf Franco und Marco. Franco war wohl ein Stecher von Christa, die ja alleine lebte und Marco war der Mann von Chiara. Beide Männer hatten weiße Hemden an und hatten die Ärmel hochgekrempelt. Bei beiden waren die Brusthaare, als Sinnbild der südlichen Männlichkeit, Latinos eben, zu sehen. Einen Moment dachte ich an meinen Skypefreund. Wir onanierten ab und zu mal zusammen und fickten unsere Ärsche, um uns gegenseitig aufzugeilen. Erst jetzt fiel mir auf, dass Christa und Chiara auch keine Höschen anhatten. Hatten sich die Frauen vorher abgesprochen?

Die Antwort wurde mir sofort präsentiert. Chiara bückte sich vor mir und ich konnte ihren Arsch und ihre Votze sehen. Dabei hatte sie das Kleid etwas hochgeschoben. Mir wurde ganz heiß bei dem Anblick ihrer nassen, geilen Votze. Es erregte mich so sehr, wissend, sie ficken zu können, dass mein Schwanz sofort hart wurde. Diana war sofort neben mir, öffnete mir die Hose und schubste mich in Richtung Chiara. „Fick sie! Ich will es sehen, wie du sie fickst", ließ sie mich wissen.

Das war es. Sie hatte davon geträumt, mich ficken zu sehen oder mich von anderen Frauen ficken zu lassen. So wie sie es mit Christa gemacht hatte. Als ich einen Schritt auf Chiara zuging, kniete sie bereits vor mir und griff nach meinem Schwanz, den sie erst mal ausgiebig lutschte. Eine Minute später stand sie auf, zog mich am Schwanz ins Nebenzimmer, nicht ohne ihr Kleid nach unten abzustreifen. Sie sah einfach bezaubernd aus. Eine geile Schönheit, die meine lustvollen Gedanken weiter ankurbelten. Sollte ich sie wirklich ficken?

Chiara schubste mich auf das Bett, setzte sich sofort auf mich und steckte sich meinen Schwanz in ihre Votze. Ich sah noch, wie die anderen ins Zimmer kamen. Dann aber küsste mich Chiara wild und herausfordernd. Sie labte sich an mir. Sie war geil, weil sie wusste, sie kann sich an mir austoben. Sie richtete sich auf, würgte und drehte meinen Schwanz, um mich anschließend wieder zu küssen oder ihre Titten auf mir zu reiben. Dann begann sie einen Teufelsritt und fickte mich rauf und runter. Sie jagte sich meinen Speer tief rein und ihre Stimme wurde immer dunkler.

Wie sie es gemacht hatte, weiß ich nicht mehr genau. Aber sie wusste genau, ob ich kommen würde oder nicht. Abrupt stoppte sie, ließ mein bestes Stück frei, drückte aber ihre geschwollenen Schamlippen darüber und klemmte ihn auf meinem Bauch fest. Gleichzeitig küsste sie mich wie wild. Ich konnte mich nicht bewegen. Dann aber bemerkte ich andere Bewegungen. Dann wurde ich gewahr, Franco fickte ihr den Arsch. Sie schaukelte wie wild auf mir herum. Ich konnte alles spüren. Dann ließ mich Chiara wieder in ihre Votze und ich spürte jeden Stoß von Franco. Die geilsten Fantasien schossen mir durch den Kopf: „Sollte mich nicht auch mal ein Mann ficken?"

Ich wollte selber mit ficken, aber das ließ Chiara nicht zu. Sie streckte Franco ihre Arschvotze entgegen und ich genoss jeden Stoß von ihm mit. Meine Gedanken verloren sich weiterhin in den kühnsten Fantasien. Es war, als ob er mir meinen Penis mit fickte. Vom Eindringen bis in die Tiefe konnte ich alles genau spüren und mich daran zusätzlich aufgeilen. „Komm jetzt bloß nicht!", drohte mir Chiara. Dann schob sie ihre Hand zwischen uns in Richtung ihrer Votze, bis sie ihre Klitoris erreichte und daran rum rieb. Gleichzeitig nahm Franco Fahrt auf. Die Beiden waren eingespielt, da war ich mir sicher. Franco peitschte jetzt seinen Schwanz in ihren Arsch rein, so direkt, so zielstrebig, um umgehend, ohne jede weitere Verzögerung, kommen zu können. Dann spritzte er ab. Jeden Schub, jedes Zucken, nichts blieb mir verborgen. Es war, als ob ich in der ersten Reihe saß und alles erleben durfte.

Diana hockte an meiner Seite und wurde von Marco mal in die Votze mal in die Arschvotze gefickt. Sie genoss es, hart genommen zu werden. So kannte ich sie. Franco zog sich zurück, als Diana laut aufschrie. Sie kam öfters so heftig. Selbst Marco war einen Moment lang erschrocken. Doch da ergriff Diana schon seinem Schwanz, um ihn sogleich gierig abzulecken. Chiara entspannte einen kurzen Moment, um mich dann wieder nach oben zu lassen. „Jetzt ist meine Gelegenheit, sie zu ficken, gekommen!", dachte ich.

Chiara drückte ihre Beine, die sie um meine Hüfte geklammert hatte, zusammen. Diana griff zu und zog meinen Sack zwischen ihren Schenkeln hervor und begann, mir die Eier zu kraulen. Chiara küsste mich, als Diana mich aufforderte, die Beine noch mehr zu spreizen, um besser an meine Eier zu kommen. Dann ging alles blitzschnell. Es lief etwas Kühles über meinen Anus. Dann durchzuckte mich ein fürchterlicher Schmerz. Mir wurde schwarz vor Augen. Chiara hielt mich weiterhin mit ihren Schenkeln fest im Griff und Franco hatte mir bereits den Arsch entjungfert. Sicher war ich schon mal mit dem Finger oder so einen Anadildo bei mir selbst drin gewesen. Aber gefickt wurde ich darin von anderen noch nie. Es tat höllisch weh.

Alle lenkten mich ab und mit der Zeit gewöhnte ich mich an seinen Schwanz. Franco machte es sehr geschickt. Ganz kleine Bewegungen lockerten mich auf. Chiara küsste mir die Tränen weg und streichelte mich. „Gleich wird es besser", tröstete sie mich. Und sie hatte recht. Die Schübe von Franco wurden länger und ich begann dagegen zu drücken. Es dauerte nicht lange und er kam in mir. Als er seinen Schwanz rauszog, blubberte seine Sahne aus mir raus.

Chiara ließ mich frei und drehte sich unter mir weg. Sie wies mich an, mich auf den Rücken zu legen und die Knie hochzunehmen. Mein Arsch tat mir ziemlich weh. Es war wie 1000 Nadelstiche und es wurde höllisch heiß. Aber Chiara steckte mir sofort einen Finger rein und begann mich zu ficken und zu wichsen. Als sie meinen Penis in den Mund nahm, hatte ich endlich wieder ein geiles Gefühl im Schwanz. „Fick los, du geile Sau!", machte sie mich an und ich fickte wollüstig in ihren Mund rein. Zwischendurch holte sie wieder Luft und schlug mir auf die Schenkel, als ob ich noch zulegen sollte. Ich spürte die Enge in ihrem Hals und fickte noch erregter, immer wilder. Immer weiter klatschte sie mir auf die Schenkel. Dann kam ich. Mein Samen schoss durch die Harnröhre. Chiara war augenblicklich ruhig, schloss ihre Lippen fest um meinen Schwanz und saugte mich leer.

Traumhaft geil, das süße Leben Teil II

„Ja, stoß rein in sie! Fick sie! Mach sie glücklich." Meine Gedanken überschlugen sich. Es war wie ein wunderbarer Traum. Eine süße Votze, die mich da umklammerte, die herrlich nass war und dagegen hielt. Irgendwie zwischen Schlaf und Wachen kam ich langsam wieder zurück in die Wirklichkeit. Ich hatte geschlafen und realisierte nun, dass mein Schwanz in Diana steckte. „Aber wo bin ich? Ach ja, bei Christa in Italien." Ja, da war die Fahrt, da war diese Chiara. Wir hatten gefickt, was das Zeug hält. Ich weiß nicht, war es 6 Mal in 18 Stunden gewesen, die ich gekommen bin?"

Und jetzt fickte ich schon wieder. Ich musste wohl im Schlaf eine Latte bekommen haben, die Diana jetzt für sich gnadenlos ausnutzte. Entweder hatte sie ihn sich reingesteckt oder es hatte sich in der Löffelchenstellung so ergeben. Jetzt jedenfalls fickten wir weiter. Aber jetzt spürte ich auch meinen Arsch wieder. Egal, ich packte Diana bei den Hüften. Sie beugte den Oberkörper nach hinten von mir weg. So konnte ich viel besser tief und lang rein stoßen. Ich rammelte wie ein Karnickel und kam ziemlich schnell. Noch schneller begriff ich dann, dass meine Latte von der vollen Blase herrührte. Also machte ich mich schnell auf den Weg zur Toilette. Als ich zurück kam, schlief Diana schon wieder.

Als ich am nächsten Morgen aufwachte, war Diana schon im Badezimmer. Sie stand bereits unter der Dusche. „Schön, dass du kommst, du musst mir helfen", sagte sie und reichte mir dabei ein 20 cm langes Rohrstück mit abgerundetem Kopf mit Löchern drin, welches mittels eines Gewinde am Duschschlauch angeschraubt war. Ich wusste zwar nicht, was sie wollte, aber ich tat ihr den Gefallen. Sie nahm dieses „Duschrohr", steckte es sich ins Poloch, wartete einen Moment und ließ es wohl volllaufen. Dann und lief sie mit zusammengedrückten Pobacken eilig zur Toilette. Sie wiederholte das Ganze noch zweimal, um dann beim dritten Mal das Wasser aus ihrem Po laufen zu lassen. Sie genoss das sichtlich.

„Jetzt du", sagte sie und reichte mir diese Analdusche: „Wer weiß, was heute noch alles passiert"? Ich hatte das noch nie gemacht und war deshalb sehr vorsichtig. Deshalb brauchte ich auch drei Anläufe, ehe ich das Wasser frei laufen lassen konnte. „Das ist doch geil, oder?", fragte mich Diana und kuschelte sich an mich. Ja, sie hielt die Dusche und fickte mich damit. Dann schraubten wir das Rohr wieder ab und den originalen Duschkopf wieder an. Beim Duschen kuschelte sich Diana an mich: „Danke, dass du mich so viele, so intime Dinge mit dir erleben lässt". Ihre Augen glänzten, ihr Blick verlor sich scheinbar in ihren Gedanken, als ich sie zärtlich lange und ausgiebig, küsste.

Sie nahm etwas Duschgel und strich es sich auf ihre Muschi. Eine zweite Ladung verteilte sie in ihrer Po-Kerbe. Gezielt setzte sie meinen linken Mittelfinger zwischen ihre Schamlippen und den rechten Mittelfinger in ihre Pokerbe. „Nicht rein gehen!", flüsterte sie. Dann wippte sie ganz langsam auf den Zehenspitzen. „Lass einfach die Finger gleiten", ergänzte sie. Wir fanden schnell unseren Rhythmus. Ganz langsam glitten meine Finger durch ihre Furchen. Ich spürte ihre Klitoris und wollte sie unterstützen, aber das wollte Diana nicht. Sie forderte stattdessen: „Drück einfach mehr." Dabei wurde sie noch erregter, aber ohne hektisch zu werden. Sie strahlte Ruhe und Glück aus. Aber die Gefühle übermannten sie schließlich. „Mehr, noch mehr!", befahl sie. „Jetzt die Finger rein drücken!" Es schien, als ob eine ganze Armee von Schauern sie durchdrangen. „Jetzt zwei Finger rein, halt mich fest!", forderte sie weiter.

Ich hielt dagegen. Sie ließ sich regelrecht in die Finger fallen. Fast hob ich sie so hoch. Dann kam ein Schrei, der Schrei der Erlösung. Ich erschrak, als sie vor mir in die Knie ging. Dann erkannte ich, dass der Orgasmus voll durch ihren angespannten Körper lief. Da war dieses Zucken. Ich gäbe was dafür, wenn meine Finger in ihr geblieben wären und ich es hätte mitfühlen können. Sie hielt sich an meinen Beinen fest und umklammerte sie. Als der Orgasmus abgeklungen war, befand sich ihr Gesicht direkt vor meinem Schwanz. Sie lachte und kuschelte ihr Gesicht an meinen Schwanz und meinen Eiern. Mein Schwanz berührte ihr Gesicht, was sie sichtlich genoss. Als er anfing zu erigieren und fester wurde, stand sie auf und meinte: „Wir wollen ihn doch jetzt noch nicht ganz ausnutzen. Wer weiß wofür, wir ihn heute noch brauchen."

Als wir uns am Pool zum Brunch trafen, waren Christa und Franco schon da. Christa trug einen Tanga-Bikini mit so kleinen Dreiecken, welche ihre Brustwarzen nicht verdecken konnten. Als sie Diana sah, die eigentlich mehr nur eine geflochtene Kordel anhatte, welche ihre Muschi schon fast betonte und um die Brustwarzen nur etwa fünf Zentimeter große Ringe hatte, die die Nippel nur noch mehr präsentierten, legte sie ihren BH sofort ab. Chiara hatte auch so ein Tangahöschen, ein Nichts von Abdeckung und ein Band als BH angezogen, das aber ihre Brüste kaum bändigen konnte. Auch sie legte dieses Band sofort ab, als sie Diana sah. Wir Männer hatten alle einen einheitlichen Sackhalter bekommen, der mit Kordeln befestigt war. Ich war mir sicher, eine Latte konnte der nicht verdecken.

Wir witzelten über unser Nichts an Kleidung und tranken erst mal einen Espresso. Christa meinte, dass man ja vor, und nicht nach dem Essen, schwimmen gehen sollte und wir das Nichts an Kleidung sowieso nicht weiter gebrauchen könnten. Sie sprach es aus, löste die Schnur von ihrem Tanga, der sogleich auf den Boden fiel, und ging zum Pool. Ich hatte aber dabei noch einen Blick auf ihre Votze werfen können. Sie war wunderbar glatt rasiert. Die kleinen Schamlippen schienen etwas geschwollen zu sein. Sie ragten nicht viel hervor, schimmerten aber herrlich zartrosa. Ich dachte daran, dass sie mir mal sagte, dass ich sie ficken dürfte, irgendwann mal. Heute wäre doch eine Gelegenheit dafür gegeben. Mein Penis schien mir das zu bestätigen, indem er doch etwas länger wurde.

Das Wasser war angenehm. Jeder kuschelte sich an jeden. Ich fingerte Christa und einen Moment schien es so, als ob sie mich genießen wollte, wandte sich dann aber Diana zu, die sie sofort weiter erregte. Dann spürte ich eine Hand an meinem Schwanz. Es war Marco, der ihn mir wichste. Mehr noch, er umarmte mich mit der freien Hand und küsste mich dazu. Es war sehr intensiv. Ich konnte nicht widerstehen. Ich legte mich ins Zeug und erwiderte alle seine Liebkosungen. Hätte ich seinen Finger in meinem Po, wichste ich seinen Schwanz dafür. Wir geilten uns auf. So hatte ich es mit einem Mann noch nicht erlebt. Das Wichsen mit meinem Freund vor der Cam war dagegen doch eine ganz andere Nummer.

Marco zog mich zur Leiter. Wir stiegen aus dem Pool und augenblicklich kniete er vor mir, um mir den Schwanz zu blasen. Er machte keinen Hehl daraus, dass er es ernst meinte. Er war hoch erregt und geil und lenkte meinen Schwanz in seinen engen Hals. Mir flimmerte es vor den Augen. Was war das für ein Gefühl. Einfach geil, einfach berauschend schön. Irgendwie eng und merkwürdig begrenzend. Nicht so weich wie eine Votze. Ich erlag dem Rausch völlig und spürte, wie sich mein Orgasmus ankündigte.

Dann riss ich mich zusammen und hielt mich zurück. Nein, noch keinen Orgasmus. Nein, das wollte ich nicht, nicht am Morgen. „Wer weiß, was der Tag noch so mit sich bringt", meinte noch Diana. Ich bat Marco, mir in den Mund zu ficken. Ich wollte einmal die Erfahrung machen, einen Schwanz zu blasen. Das hatte ich immer mal gewollt. Allein bei dem Gedanken hatte ich das Gefühl, dass mein Schwanz platzt. Ich spürte eine nie gekannte Geilheit. Ich wusste, jetzt endlich erfüllen sich meine geheimsten Fantasien. Dann hatte ich ihn in der Hand. Seinen geilen und fickbereiten erigierten Penis.

Mit einer Hand machte ich mich an seinen Eiern zu schaffen. Mit der anderen Hand umfasste ich seinen Schaft. Ich zog seine Vorhaut zurück und seine Eichel schimmerte mir rosa entgegen. Meine Zunge labte sich an ihm und es war ein klein wenig bitterer Geschmack dabei. Den Geschmack kannte ich von mir, wenn Samen unter der Vorhaut längere Zeit verweilte. Dann aber spürte ich die weiche Eichel an meinem Gaumen. Marko fickte vorsichtig, nicht so ungestüm, wie ich. Er ging erst mal rein und raus und ich ließ ihn über die Lippen gleiten. Dann stieß er im Rachen an.

Ich hatte nur eine ungefähre Vorstellung von dem, was mich erwartete. Mein Hals war jungfräulich. Erst dachte ich, ich bekomme keine Luft mehr, dann stellte sich dieser Brechreiz ein. Marco gab mir Zeit genug, die Krämpfe und das Würgen zu überwinden. Ich wollte es, ich wollte so genommen werden. Beständig stieß er mir in den Hals und langsam gab ich nach, ich gewöhnte mich, langsam aber sicher, daran. Dann weitete er mich vollends auf. Ein Gefühl zum Zerreißen. Ich schnaufte und begriff schnell, dass atmen nur stoßweise dann geht, wenn er seinen Schwanz zurückzog. Dann aber war er wieder drin, drang tiefer ein. Er vergnügte sich, kostete das Gefühl aus, eine

Jungfrau geknackt zu haben. Dann begriff ich seine Geilheit, fühlte seine Spannung. Jetzt war er nicht mehr aufzuhalten. Krampfhaft hielt ich dagegen, spürte das Anschwellen seiner Harnröhre. Dann kam der erste Schub direkt auf meine Zunge, der zweite und …und ….und. Langsam verebbte der geile Strom der Sahne in meinem Mund. Meine Lippen hielt ich fest verschlossen, und jetzt, wo er fertig war, zeigte ich ihm das Ergebnis. Er küsste mich sofort und wir teilten uns den Saft der Geilheit.

Traumhaft geil, das süße Leben Teil III

Ich hatte also das erste Mal einen Schwanz geblasen. Ich ließ mir die Sahne von Marco noch einen Moment auf der Zunge zergehen. Marco küsste mich. Dabei schob ich seine Restsahne einfach zu ihm rüber. Ihm schien das zu gefallen und er leckte sich ein wenig mit der Zunge über seine Lippen.

Diana drängte sich dazwischen und küsste uns beide nacheinander. Dabei flüsterte sie mir zu: „Fick ihn!" Es dauerte bei mir einen Augenblick, um das zu verarbeiten und zu begreifen. Ich griff mir ein paar Handtücher, die Christa überall hingelegt hatte und drängte Marco zurück ins Haus. Im Arbeitszimmer standen schwere Sessel mit breiten Lehnen, über die ich die Handtücher legte. Marco beugte sich bäuchlings über eine der Lehnen. Er wusste sofort, was ich vorhatte und warf mir deshalb einen Kussmund zu. Diana hatte uns genau beobachtet und hielt mir schon ein Gleitmittel hin.

Marco wartete nur noch darauf, dass ich in ihn eindrang. Sein Anus öffnete sich sofort. Er wurde nicht zum ersten Mal in den Arsch gefickt, er war es gewohnt. Christa schickte Chiara weg, weil sie Franco ganz alleine einen blasen wollte. Mit der Gleitcreme war es ein Genuss, seinen eigentlich engen, nun geschmeidigen Anus zu ficken. Meine Lust steigerte sich. Ich fühlte, wie sich alles in mir aufbäumte. Ich wunderte mich über meine eigene Geilheit und stieß tief in Marco rein. Meine Eier klatschten auf seinen Arsch und jedes Mal war es wie ein kleiner Orgasmus. „Nicht so müde!", feuerte Diana mich an und schlug mir auf den Po. Jetzt gab es keine Grenzen mehr. Ich hämmerte mich immer schneller rein. „Fick ihn hart!", feuerte ich mich selber an. Den Kopf im Nacken, die Augen geschlossen, ließ ich los. Ich war grandios gekommen. In mir zuckte alles. Es war für uns beide erschöpfend. Entsprechend schnell entspannte ich mich, kam runter und sackte auf die Knie.

Ich ging zum Pool, benutzte die Pooldusche und setze mich in einen der bequemen Sessel. Erst folge Franco, dann auch Marco. Wir waren alle irgendwie ausgelaugt. Wenn uns die Frauen nicht aussaugten, hatten wir es uns eben selber gemacht. Aber die große Lust kam nicht so richtig auf. Christa übernahm jetzt wieder das Kommando. Wir pumpten drei Liegen mit einer elektrischen Pumpe auf. Christa legte übergroße Laken darüber und schickte uns wieder zurück auf die Sessel. „Ihr habt jetzt Pause", bestimmte sie. „Ihr seid sowieso zu nichts mehr zu gebrauchen."

Dann kam sie mit einer Tasche voller Spielzeug wieder. Die Frauen kicherten und wir Männer wussten zuerst nicht, worum es ging. Dann hatte jede der Frauen einen Dildo, der mit einem Gurt hinter dem Kopf befestigt war, vor dem Mund. Um diesen Dildo besser fixieren zu können, mussten die Frauen das Ganze mithilfe einer Beißplatte, die sie mit ihren Zähnen festhalten konnten, festhalten. Die Frauen hatten damit keine

Probleme. Christa und Diana begaben sich schnell in eine 69er Position und der Gleitcreme sei Dank, fickten sie sich äußerst genüsslich mit diesen Dildos. Die Köpfe stießen in Richtung Votze und es kam schnell eine besondere Geilheit auf. Jede Frau wollte die andere übertrumpfen. Schließlich schauten die Männer ja zu. Auch Chiara schaute sich die Frauen eine Weile an und ging dann auf Diana zu. Ihr süßer Arsch leuchtete so schön in der Sonne und lud Chiara regelrecht ein, sich über ihn herzumachen. Dann drang sie in das Arschlöchelchen ein. Diana schrie, ich wusste doch, so einen großen Dildo hatte sie nicht oft im Arsch. Es war schon erstaunlich, was sich uns da alles bot. Diana war wie im Rausch. So wild hatte ich sie bisher kaum erlebt. Sie explodierte förmlich und war eine Minute wie gelähmt, als die Orgasmuswellen ihren Körper durchliefen. Nicht nur das. Sie wurde danach noch wilder, als sie Christa, die ebenfalls von Chiara anal gefickt wurde, jetzt bis zum Orgasmus stieß. Es schien fast so, dass sich Diana und Chiara ein Duell lieferten, wer von den beiden der bessere Ficker für Christa ist. Es war einfach nur wundervoll, dabei zuschauen zu dürfen.

Es war schon Mittag geworden. Wir Männer spürten kaum noch Lust, wieder rangenommen zu werden. Keiner von uns Männern wollte zu diesem Zeitpunkt erneut wieder ficken. Eher stand uns der Kopf nach ein wenig Ruhe oder besser, nach ein wenig Schlaf. Aber es lag was in der Luft. Die Frauen kicherten und lästerten während des verspäteten Brunchs. Jetzt wurde klar, sie hatten einen Plan. Sie hatten das Treffen von Anfang an durchgesprochen und wussten genau, wie es jetzt weiter gehen wird. Da kam bei uns Männern schon ein wenig Unsicherheit auf. So schnell konnte sich keiner von uns regenerieren. Aber Frauen wären ja keine Frauen, wenn sie die Männer bloßstellen würden. Das war mir schon klar. Aber was hatten sie vor? Und wozu waren diese drei stabilen Liegen am Pool gedacht?

Diana schaute mir tief in die Augen. Da war dieser Glanz, dieser weiche, verträumte Blick. „Ich will mich, nur mich", hauchte sie mir ins Ohr "Ich will mich ficken und will, dass du mich dabei erlebst, nur mich, nur du und ich." Sie war plötzlich sehr emotional, und fügte dabei völlig in ihren Gedanken versunken, hinzu: „Ich will ficken bis zum Umfallen!" Sie ging kurz weg und kam mit einem kleinen Koffer und einem schwarzen Bündel von Bändern wieder zurück. Wie konnte es anders auch sein, die Flasche Gleitgel hatte sie auch nicht vergessen. Wir gingen zu einer der drei Liegen am Pool. Diana rückte den Sonnenschirm zurecht und rollte dieses Bündel auseinander.

Erst jetzt erkannte ich, dass da ein Dildo mit dabei war. Ich begriff es immer noch nicht, was Diana eigentlich wollte. Erst sagte sie, sie will ficken, dann so ein Umschnalldildo? „Der ist für dich, Liebling", säuselte sie. Es verschlug mir den Atem. "Für mich? Wie soll das denn gehen", stammelte ich. „Na, du hast so oft gefickt, das wollen wir doch mal besser nicht übertreiben." Dabei lächelte sie geheimnisvoll. Dann legte sie mir so einen Bauchgurt an. Der Dildo war auf einer festen Platte montiert, von der eine Art Metallspange mit breiter Öffnung abging, an dessen Ende ein Dorn montiert war.

Ehe ich mich versah, fädelte Diana meinen Sack und meinen kleinen „Schlaffi" durch diese Metallspange und drückte mir diesen Dorn in den Po. Ich jaulte auf. Ich war noch zu empfindlich vom Anal-Fick. Mit den beiliegenden Klettbändern wurde der Pimmel-Dildo fixiert. Als ich mich umschaute, waren Christa und Chiara bereits auch dabei, ihren Männern, Franco und Marco, so ein Monstrum anzulegen. Mein Schwanz lugte ein wenig unter der Platte hervor. Ich fragte mich, was denn passiert, wenn er steif würde? Diana schmierte den Dildo schön mit Gleitcreme ein und schob einen Ring darüber, der einen Wulst hatte, ja mehr ein nach oben schmäler werdendes Dreieck aus einem weichen Material. „Das ist zur Stimulation meiner Klitoris, das fehlt euch Männern eben. Da stimmt die Anatomie nicht", lachte sie.

Sie zog mich auf die Liege und hockte da in Doggy-Stellung. Sie drückte mir das Gleitgel in die Hand. Ich probierte es, schob ihr das Ding in die Votze und war erleichtert, damit wirklich richtig ficken zu können. Es ging eigentlich ganz gut und ich wurde mutiger. Doch mir fehlte das Gefühl. Es war eben nur mechanisch. „Nun ramm ihn mal richtig rein!", hörte ich von Diana. Und das tat ich dann. Ich fickte in der Tiefe und oben zwischen den Schamlippen. Mal schnell, mal langsam. Es nahm kein Ende. Selbst nach 15 Minuten machte Diana keine

Anstalten zu wechseln oder aufzuhören. Stattdessen hörte ich nur von ihr: „Mach es, mach weiter, mach mich fertig, mach mich kaputt!"

Als Mann 30 Minuten Ficken? Ich spürte meinen Rücken schmerzen, aber gab nicht auf. „So, jetzt fickst du mir den Arsch", ertönte es so nach über gefühlten 30 Minuten. Ich konnte es nicht fassen. Aber ich wollte Diana nicht enttäuschen. Ich kämpfte mich in ihr engeres Arschloch. Jetzt musste ich noch mehr arbeiten. Da half mir auch kein Gleitgel mehr. Meine Muskeln schmerzten. Immer wieder rein stoßen und raus ziehen, ohne wirklich erregt zu sein. Diana forderte mich heraus und ich wollte diese Art von Prüfung bestehen. Ich kämpfte mich voran, wollte gleichmäßig ficken, doch irgendwann wurde ich zu nachlässig. Ich ging nicht mehr ganz tief rein oder blieb extra lange tief drin, um etwas zu verschnaufen. Dann kam die Erlösung! Sie rief endlich: "Lass es genug sein!"

Ich lag auf dem Rücken. Diana reinigte den Dildo, versorgte ihn mit neuer Gleitcreme und setzte sich selbst darauf. Der Dildo glitt tief in sie rein und jetzt war es klar: ihre Klitoris, beziehungsweise die Region um die Klitoris, presste sie auf den daumenbreiten Rand am unteren Ende des Dildos. Ganz langsam bewegte sie sich. Nur ein Kippen ihres Beckens war zu spüren. Ich schlief fast ein, als sie sich zu mir herunter bückte. Ihre Augen waren glasig und verträumt. „Liebling, wir ficken jetzt eine Stunde ununterbrochen", hörte ich, wobei ihr Blick sich in der Unendlichkeit verlor, „und du bist so großartig,

du bist der beste Ficker der Welt. Du holst alles aus mir raus."
Sie richtete sich wieder auf. Ihre Bewegungen wurden kräftiger.
Sie erregte sich immer mehr. Ich schaute sie an. Ich erlebte sie
anders, als wenn ich spritzen wollte. Den Unterschied,
zwischen „mit eigenem Schwanz" und „mit Dildo" ficken, zu
erleben und zu fühlen, war einfach großartig.

Jetzt verstand ich Diana erst. „Ich will mich erschöpfen, ich will,
dass du mich erlebst", hatte sie gesagt. Sie begann auf mir rum
zu hüpfen, sich den Dildo regelrecht rein zu dreschen. Ich sah
auf ihren Bauch, wie er sich ausbeulte, wenn sie den Dildo tief
drin hatte. Mal rechts vom Bauchnabel, mal links. Dann stützte
sie sich auf meiner Brust ab, legte den Kopf in den Nacken und
wurde noch schneller. Sie schrie und stöhnte, ihr Körper schien
zu vibrieren. Jetzt war sie nicht mehr sie selbst! Jetzt war sie
nur noch ein Bündel Lust. Nichts nahm sie mehr wahr. Ihre
Augen waren verdreht, um den Hals waren diese roten
Erregungsflecken. Dann kam dieser Urlaut, den man nicht
wirklich beschreiben kann, aus ihrer Kehle. Sie sackte im
gleichen Moment auf mir zusammen und regte sich nicht mehr.

Es dauerte, bis der Orgasmus bei ihr ganz abgeklungen war.
Sie rutschte zur Seite, um sich sofort wieder an mich zu
drücken. Ich spürte ihre nasse Votze auf meinem
Oberschenkel. Immer noch rieb sie sich an mir, sozusagen als
Nachwirkung von dem Orgasmus. Dann schlief sie ein. Ich
wagte es nicht, zu atmen, schloss die Augen und erlebte noch
einmal, was da gerade alles so abgelaufen war. Alles hatte

Diana so geplant und gewollt. Sie wollte sich bei mir, mit mir erleben. Sie wollte Erfahrungen machen, die so üblicherweise nicht zu machen waren. Da bedurfte es eben einer solchen Ausnahmesituation.

"Nicht einschlafen!" hörte ich sie sagen. „Wie lange haben wir denn geschlafen?", fragte ich. „Ist doch egal", war ihre Antwort. Mit ihrem verklärten Blick schaute sie mich liebevoll an und sagte: „Ich liebe dich, ich danke dir, ich fühle mich wohl bei dir. Es ist schön, dass es dich gibt." Ihre Küsse waren intensiv und doch sehr liebevoll. Es war ein langes Ausklingen der Anspannungen. Dann kam wieder diese Bewegung in ihr Becken. Fast unmerklich rutschte ihre nasse Votze auf meinem Oberschenkel hin und her. Dann kam es bei ihr wieder, dieses typische Ziehen. „Ich will es nochmal", flüsterte sie, „nur für dich." Ich war überwältigt. Sie wollte nicht aufhören. Sie hatte sicher genug, aber sie wollte sich erschöpfen, sich für mich vollends verausgaben.

Dieses Ziehen in ihr wurde stärker. Diana brauchte nichts weiter dazu, nur mich. Nur ich sollte bei ihr sein, für sie da sein. Es war einfach wundervoll, wie sie sich erregte, sich regelrecht hochzog, einem erneuten Orgasmus entgegen. Schön langsam, aber immer stärker, fühlte ich eine ungekannte Geilheit bei ihr aufkommen. Fast erschrocken stellte ich fest, dass sie nach meinem Schwanz griff. Ich hatte mich zusammen mit ihr erregt. Er war tatsächlich erigiert. Ich fühlte auf einmal wieder Lust. Ich fühlte ihre, über meinen Penis streichenden

Fingernägel. Ich wurde fast verrückt dabei. Ja, ich wollte sie jetzt unbedingt ficken. Aber dieser Dildo muss doch weg, den hatte ich ja immer noch um. „Wir machen es einfach", sagte sie. „Fick mich noch mal!"

Mein Schwanz stand unter der Platte wunderbar nach vorne. „Fick mich!", lockte Diana, ging in Doggystellung und feuerte mich an: „Fick mich du Hengst, fick mich du Sau! Reiß mir den Arsch auf!" Jetzt verstand ich Diana. Sie wollte alles Erdenkliche ausprobieren. Ich drückte meinen Schwanz in ihre Votze und den Dildo-Pimmel in ihr Arschloch. Es war, als ob sie es schon mal geübt hatte. Kräftig stemmte sie sich dagegen. Ich konnte ficken. Ich fühlte ihre Votze. Ich war wieder ein Mann. Meine Gedanken explodierten. Ich fickte wild und ohne Rücksicht in sie rein. Es gab kein Warten, kein Verzögern mehr. Direkt auf den Orgasmus zu! Ich fickte schneller und stärker. Dann kam diese Explosion. Es war ein Gefühl, als ob es mich zerreißt. Schuss für Schuss landete in ihrer Votze.

Wie sehr Diana das fühlte, konnte ich nur erahnen. Als sie sich umdrehte, hörte ich ihr triumphierendes Lachen: „Ich habe es geschafft. Ich habe dich nochmal gemolken!"

Fickträumerei in der Garage.

Jetzt hatte ich bereits die sechste Hose probiert, aber auch diese passte nicht. Entnervt hängte ich sie wieder auf den Bügel. Nein, noch eine Hose raus suchen, dazu hatte ich keine Lust mehr. Also zog ich meinen Slip wieder aus und stopfte ihn in die Handtasche, kontrollierte, ob mein Plug richtig saß und zog meinen eigenen Rock wieder an. Ich liebte es, bei diesen warmen Sommertemperaturen, ohne Slip raus zu gehen und meine Votze von der frischen Luft umwehen zu lassen. Im Fahrstuhl fiel mir dann das Geländer auf. Es war wie dazu gemacht, um sich festhalten zu können, wenn er dich jetzt von hinten ficken würde. Der Kerl, der da mit mir im Fahrstuhl war, der hätte mir schon gefallen. Aber so kam es ja nicht immer, wenn ich ohne Höschen drunter herumlief.

In der Tiefgarage hatte neben mir ein SUV genau auf der Markierung zweier Stellplätze rückwärts eingeparkt und beanspruchte somit den Platz von zwei Autos. Wie praktisch dachte ich noch, da hast du es leicht, wieder raus zu fahren. Als ich zwischen den Fahrzeugen zu meiner Fahrertür ging, fiel mir das Gesicht einer Frau im SUV auf. Sie lag auf dem Rücken und lachte mich an. Ein Mann lag auf ihr. „Moment", dachte ich noch und der Mann….. Das Blut stieg mir in den Kopf. Mein Herz klopfte. Die ficken ja! Als ich das realisiert hatte, spürte ich sofort meine Muschi. Ich war empfänglich für jede Art von Geilheit und meine Hand ging automatisch zwischen meine Beine. Die Frau winkte freundlich und ich hatte die Finger schon an meiner Klitoris. Jetzt sah ich auch, dass sie nackt war.

Die Tür sprang auf und sie sagte zu mir: „Bitte, schau uns zu, das geilt mich noch mehr auf." Dann sah sie aber, dass ich den Rock schon hoch geschoben hatte. Sie griff nach mir oder besser nach meiner Votze und leckte sich sofort die Finger. Mühsam bewegte sie sich in meine Richtung, bis der Kopf überstreckt auf der Kante des Sitzpolsters lag. Der Mann sah mir in die Augen und grinste nur. Ich stellte ein Bein hinter den Vordersitz und bückte mich, bis sie mich erreichen konnte. Zum Lecken kam sie kaum, denn ich rieb mit meiner Votze über ihr Gesicht, bohrte ihre Nase in mich rein, hob mich ein wenig an und gab ihr recht wenig Raum, mich zu lecken.

„Leck mich!", flehte sie und der Mann ging zurück. Als ich mich vorbeugte und sie schmeckte, war mir klar, dass der Mann sie noch nicht vollgespritzt hatte. Sie war wild, ungestüm und impulsiv. Ich konnte sie kaum bremsen und richtig auslecken. Ich fickte sie mehr mit der Nase, so wie sie mich. Dennoch spürte ich ihren aufkommenden Orgasmus. Dann verharrte sie einen Moment. Ich dachte schon, sie bekommt jetzt ihren Orgasmus. Aber der Mann war nun direkt hinter mir. Ich hatte nichts bemerkt, bis er mir seinen Speer in die Votze rammte. Ich schrie laut auf und der Mann fasste mich am Becken und hämmerte in mich rein. Es war ein Kaninchen-Fick. Er spritzte sofort. Ich spürte, wie sein Samen durch die Harnröhre schoss und in mir landete, um beim nächsten Stoß wieder hervorzuquellen. Die Frau leckte mich jetzt umso intensiver und schlürfte seine Sahne aus mir heraus. Dann hatte ich meinen Orgasmus und spürte dieses herrliche Ziehen, nach dem ich mich gesehnt hatte.

Viel Zeit ließ mir die Frau nicht. Schließlich stand ich in der Wagentür. Sie schob sich zur anderen Seite raus und der Mann verschwand hinter dem Steuer. Sie warf ihre Kleider in den Kofferraum und schlüpfte in eine Art Overall. Ich bekam von ihr einen Kuss auf die Lippen. Sie stieg ein, schloss die Beifahrertür und der Wagen fuhr los. „Das Ganze hatte doch kaum 5 Minuten gedauert", schoss es mir durch den Kopf. Etwas verwirrt, kramte ich mein Höschen aus der Handtasche und zog es an, nicht ohne eine Slipeinlage reinzulegen. Schließlich wollte ich ja nicht, dass beim Sitzen mein Rock durchfeuchtet wurde.

Zu Hause angekommen, entledigte ich mich von meinen Pumps, Höschen, Rock, Bluse und BH. Ich ließ alles einfach fallen. Aus dem Nachtisch holte ich mir den genoppten 3,5 cm und den gerippten 5 cm Dildo. Dann legte ich mich auf das

Bett, drehte mich auf die Seite und stellte ein Bein auf. So gefällt es mir. So in dieser entspannten Liegeposition mag ich auch gerne gefickt werden. Man kann so den kleinen Dildo langsam in den Arsch eindringen lassen. Wohlige Wärme durchströmte mich. Die Gedanken beruhigten sich, die Geilheit kommt nicht mehr vom Kopf als Wunsch, sie breitet sich als Gefühl aus. Dann folgte der dicke Dildo in die Votze. Heute, nach dem Erlebnis in der Garage mussten es 5 cm sein. Der Typ war ja nicht schlecht gebaut, aber jetzt brauchte ich mehr. Ich war weit offen, wie ein Scheunentor.

So langsam legte sich die Spannung. Mein Dildo füllte mich gut aus und ich stieß ihn an den Muttermund. Ich brauchte ihn in der Tiefe. Wenn dann der Kleine meinen Darm ganz ausfüllt und nicht mehr tiefer geht, dann kommen diese blitzenden Sterne. Dann weiß ich, es geht nicht mehr. Dann lasse ich mich fallen. Ich fickte mich eine ganze Weile nur von vorne, dann kam der Po dran. Ich machte es abwechselnd oder gleichzeitig. Das Schöne, sich so zu vögeln und mit sich alleine zu sein ist, dass gar keine Lust auf einen Orgasmus aufkommt. Du bist angespannt, segelst mit den Gefühlen vor dich hin und weißt, irgendwann, gleich oder später, wirst du überflutet. Dann bist du über die Kante gekommen und bist nur noch du mit dir selbst. Daneben gibt es in diesem Moment gar nichts mehr.

Angela

Angela ist 22 Jahre alt und studiert Betriebswirtschaft. In den Semesterferien arbeitet sie als Au Pair Mädchen. Sicher hatte sie sexuelle Erfahrung. Aber in dieser Familie passierten ihr Dinge, die sie nicht für möglich gehalten hatte. Nie im Traum hätte sie ihre Neigungen, die sie bei dieser Familie entdeckte, für sich akzeptiert. Aber mit der Zeit wird sie selbstsicherer und weiß sich selbst genauer einzuschätzen.

Ihre Hausherrin Julia versteht es, sie sanft zu verführen und zu lenken, nicht ohne für sich und ihren Mann dabei einen Nutzen zu haben. Somit erlebt Angela viel Neues und erweitert dadurch ihren Erfahrungsschatz, den sie nie wieder missen möchte. Erst verunsichert, begeistert sie sich nunmehr für dieses Leben und dankt es ihrem Hausherrn und ihrer Hausherrin.

Traumhaft geil, diese Erfahrung

Ich hatte mich im Ausland als Hausmädchen bei einem Firmeninhaber in den Semesterferien als Au Pair Mädchen anstellen lassen. Als ich mich dem Hausherrn und der Hausherrin vorstellte, musterten sie mich beide intensiv. Das machte mir nichts aus, war ich es doch gewohnt, angeschaut zu werden. Ich selbst hielt mich für sehr hübsch und zeigte es ja auch. Da war man die Blicke, die einen förmlich ausziehen, ja gewohnt. Schließlich wusste ich, mich zur Geltung zu bringen.

Im Blick der Hausherrin lag aber schon etwas Besonderes. Sie sah mir tief in die Augen. Dabei hatte ich den Eindruck, sie fixierte mich genauso, wie ich ihren Mann, den Hausherrn. Er sah sehr gut aus, um die 40 Jahre, schlank und hatte einen schönen Knackarsch. Wenn mich nicht alles täuschte, hatte er auch was in der Hose. Ein kleines Zittern seiner Augenlider meinte ich wahrzunehmen. Jedenfalls trat der Hausherr einen Schritt zurück und ging um mich herum.

Was er genau machte, wusste ich nicht, weil ich mich nicht von den Augen der Hausherrin abwenden konnte. Sie schien mich zu hypnotisieren. „Du siehst ja entzückend aus", hörte ich sie sagen und gleichzeitig umarmte sie mich zur Begrüßung. Aber in dieser intensiven Umarmung lag so etwas Tastendes. Ich spürte ein Prüfen, ein Testen. Der Druck war mir nicht unangenehm, nur etwas fremd für mich. Als sie sich von mir löste, wünschte sie uns allen eine schöne gemeinsame Zeit. Ich bezog das natürlich auf ihre Kinder, die mich neugierig beäugten.

Wir sprachen noch lange über die Kinder und den Haushalt. Die Kinder, eines war bereits Schulkind, das andere ging noch in die Kita, waren angenehm zu führen. Eigentlich musste ich nur als Ansprechpartnerin für sie da sein. Dann lief es mit den Schularbeiten und dem Spielen von ganz alleine. Das nicht so häufige Zubereiten des Essens machte mir sogar Spaß. Hatte ich doch Zeit für vieles, was ja während des Studiums sonst zeitlich kaum möglich war.

Meine Hausherrin war Frauenärztin. Sie war ein sehr dunkler Typ, sehr schlank, mit katzenartigen Bewegungen. Eine eher sanfte Erscheinung. Ich denke, in puncto Oberweite, war ich ihr überlegen. Sicher lief ich nicht ständig mit tief ausgeschnittenen Oberteilen durch das Leben, aber einen engen, strammen Pulli mochte ich schon, um meine Brüste entsprechend zur Geltung zu bringen. Aber warum hatte ich vom ersten Moment an dieses Gefühl in mir, ich müsse es auch für sie tun?

Ich bezog mein eigenes Zimmer mit einem kleinen Bad und richtete mich erst mal ein. Meine Hausherrin zeigte mir das Haus, wo sich alles Wichtige für mich befand und natürlich auch das Bad der Familie. Hier hatte ich ja mit den Kindern morgens und abends am Meisten zu tun. Sie meinte, ich könnte die Badewanne, wenn ich möchte, auch mal für mich selbst benutzen. Das macht bestimmt mehr Spaß, als meine kleine Dusche. Sie sprach es, ging zur Dusche, zog sich aus und duschte nackt vor mir. Über so viel Offenheit war ich erst mal sprachlos, zog mich ebenfalls aus und wollte mir dann Wasser in die Wanne einlassen. Sie aber zog mich zu sich unter die Dusche.

„Du brauchst nichts zu machen, was du nicht willst", sagte sie mir. „Aber wenn du meinen Mann ficken würdest, wäre ich dir sehr dankbar dafür. Er braucht es und es macht mich geil." Ihre Umarmung wurde fester und fordernder, wie zur Bestätigung. Sie sah mir tief in die Augen, nahm meinen Kopf in die Hand und küsste mir die Stirn. Schnell warf sie sich einen Morgenmantel um und verschwand, nicht ohne ihre Klamotten mitzunehmen.

Ich war völlig verwirrt. Was war das denn? Eine Frau, die mich an ihren Mann verkuppelte? Sicher, ich fühlte mich geschmeichelt und einen Mann hatte ich schon lange nicht mehr gevögelt. Das machte mich jetzt noch mehr an, als ich mir zugestand. Beim Anziehen verschwand meine Hand schon im Höschen. Es tat so wundervoll gut. Meine Gedanken ordneten sich ein wenig. Jetzt einen Schwanz in der Votze, einen der es mir mal wieder so richtig macht! Dann die Hausherrin, die sich daran aufgeilte und ihre Freude daran hatte.

Ich erschrak fürchterlich, als plötzlich der Hausherr in das Badezimmer eintrat. Er hatte mich sicher schon länger durch die Tür beobachtet, die die Hausherrin wohl extra offengelassen hatte. Er hatte es auch mitbekommen, dass ich es mir machte. So musste es wohl gewesen sein, denn anders ist die Situation im Nachhinein nicht zu erklären. Er stand splitternackt neben mir. Instinktiv deckten meine Hände meine Titten und meine Pussy ab, was natürlich gründlich misslang. „Du machst nichts, was du nicht willst", sagte er sanft. Was dann geschah, habe ich nur noch bruchstückweise in Erinnerung. Ohne viel Federlesen packte der Hausherr mich an den Schultern, zog meine Hände nach oben, schaute mich ausgiebig an und sagte: "Na, meine Hausperle schaut ja nackt noch leckerer aus, als in ihren sexy Klamotten."

Dann nahm er mich einfach auf den Arm, hob mich hoch, trug mich ins Schlafzimmer und warf mich auf das Bett. „Willst du wirklich mit mir ficken?", fragte er mich nochmal. „Willst du es für meine Frau tun?" Mir war klar, ich wollte gefickt werden. Lange hatte ich keinen Mann mehr und ein Orgasmus von innen heraus brauchte ich dringend. Nur immer die Fingerfummelei macht ja nicht wirklich zufrieden. Er deutete meine Bewegung mit meinem Kopf zu seinem Schwanz als Zustimmung. Sein Schwanz war voll erigiert und herrlich hart. Er hatte mir ja bereits länger zugeschaut. Unfähig mir mehr Zeit zum Überlegen zu nehmen, nahm ich sein großes Ding an den Mund.

Automatisch öffnete ich den Mund und schon drückte er mir seinen Schwanz in den Rachen. Dazu befahl er: „Nun mach schon und blase ihn mir hart! Du bist doch genauso geil wie ich!" Er fickte mir heftig den Mund und penetrierte mir den Rachen, sodass ich keine Luft mehr bekam. Ich konnte mich aber auch nicht herauswinden, weil er meinen Kopf an den Haaren festhielt. Es war aussichtslos.

Mit jedem Stoß aber spürte ich mich selber, das Ziehen in meiner Muschi und das Kribbeln in meinem Bauch. Ich war total verwirrt. Er hatte mich überrumpelt, fickte mir die Mundvotze und ich begann, Lust zu empfinden? Richtig geile Lust. Das geht doch gar nicht. Sicher, früher hatte mein Vater mich immer scharf zurecht gewiesen und ich hatte so komische Gefühle. Aber das hier war doch was anderes. Dann sah ich in Gedanken das Gesicht meiner Hausherrin vor mir. „Mach es für mich!", sagte sie mir und ihr schemenhaftes Gesicht verschwand genauso schnell wieder.

Überrascht von meinen Reaktionen und völlig verwirrt, hatte ich seinen Schwanz dann richtig gelutscht. Ich spürte, wie sein Schaft immer fordernder wurde. Dabei war seine Hand nicht untätig geblieben und hatte meine Votze gefingert. Natürlich spürte er, dass ich vom Masturbieren auch schon sehr feucht war. Hatte er doch zugeschaut und sich dabei wahrscheinlich schon aufgegeilt. Der Gedanke ließ mir keine Ruhe. Ich hatte ihn unbewusst aufgegeilt. Aber viel mehr reizte mich die Tatsache, dass er mich beobachtet hatte.

Einen klaren Gedanken konnte ich nicht fassen. Ich war ihm ausgeliefert. Er legte mich auf den Rücken und zog mich in die 69 Stellung, um mein Paradies zu lecken und zu fingern. Ich konnte keinen Widerstand mehr leisten. Ich wollte es ja, dass er mich nimmt! Sein Schwanz stand vor mir, nicht besonders dick, aber bestimmt 24 Zentimeter lang. „Diesen Langen in der Votze zu haben, das wäre es doch", ertappte ich mich bei meinen Gedankenspielen. Sein Lecken wurde heftiger, mein Becken zuckte. Wann hatte es denn mir schon einer mal so gemacht? Ich gab mich ihm hin und blies ihm den Schwanz mit aller Hingabe, nicht ohne innerlich wütend über mich zu sein, dass ich nicht aufsprang und weglief. Was war denn mit mir los?

Im Gegenteil, ich wollte es. Bevor es ihm zu viel wurde, herrschte er mich an, ich solle mich auf seinen Schwanz setzen, ihm dabei mein Gesicht zuwenden, damit er meine Titten schaukeln sieht. Dann war es vorbei mit mir. Dieser Befehlston, dieser Zwang, es tun zu müssen, ihm dienen zu müssen, versetze mich in einen Rausch. Ich war einerseits entsetzt, andererseits lustvoll geil. Wie konnte das denn sein? Aber wieder hatte ich keine Zeit, über meine Reaktion nachzudenken. Der Rausch, es zu wollen, es zu haben, hatte mich gepackt.

Dann vögelte er mich nach Belieben. Mal lag ich unten, mal auf der Seite oder ich hockte auf ihm. Dabei hatte ich zwei kleinere Orgasmen, was mich ärgerte, weil er triumphierend dabei lachte. Dann drehte er mich um und fickte mir meinen Arsch.

Ich schrie, als er eindrang. Er aber machte ungerührt weiter, was mich noch geiler werden ließ. Ich verstand mich nicht mehr. Das durfte doch gar nicht sein. Und wieder hatte ich dieses Gefühl, es für meine Hausherrin tun zu dürfen. Ihr damit zu gefallen.

Er aber fickte und verstand es, mir bei diesem Arschfick sogar Lust zu verschaffen. Diese Mischung aus Gewalt und Lust machte mich gewaltig an. So einen Orgasmus hatte ich ja noch nie. Und einen Arschfick hatte ich vorher auch nur einmal bekommen. Also Jungfrau auf diesem Gebiet war ich nicht mehr. Aber weiteres Nachdenken war eben nicht möglich. Er zog seinen Schwanz aus mir heraus und spritzte mir sein Sperma auf meine Titten und verrieb es mit seinem Schwanz.

Wieder herrschte er mich an, sodass ich zusammenzuckte und gleichzeitig dieses wohlige Gefühl in meiner Votze spürte. Ich musste ihn sauber lutschen und war ihm irgendwie dankbar dafür. Ich durfte ihn lecken, ihm dienen und spürte diese immense Lust, mich zu unterwerfen, ihm zu gehorchen. „Schön machst du das, du Fickschlampe!", beschimpfte er mich und wieder hatte ich dieses Ziehen in meiner Pussy. „Du wirst mich jetzt öfter ficken." Er machte mir klar, dass ich von nun an, zu jeder Zeit, ihm zur Verfügung zu stehen habe. Dann stand er auf und wies mich barsch aus dem Zimmer. Ich solle mich gefälligst entfernen und nur noch in meinem Zimmer duschen.

Ich ging in mein Zimmer, um nicht auf dem Gang noch mal meine Beine zusammen pressen zu müssen. Es war noch ein wunderschöner Orgasmus, die seine geilen Hasstiraden ausgelöst hatten. In der darauffolgenden Nacht hatte ich auch geweint. Ich war total verunsichert. Ich hatte doch keine Lust, ihm als Sexsklavin zu dienen und dem Mann zu Willen zu sein. Zutiefst empfand ich Abscheu und hatte dabei auch noch einen Orgasmus. Ich verstand mich nicht mehr, ich verstand die Welt nicht mehr. Was war denn nur mit mir los? Dann lag ich wieder auf dem Rücken und hatte beide Finger in meiner Votze und war selig, von ihm gefickt worden zu sein. „Komm her, komm her, fick mich, fick mich!" hämmerte es in meinem Kopf, als ich einschlief.

Ich nahm mir vor, beim Frühstück der Hausherrin und dem Hausherrn zu sagen, dass ich beabsichtigte, abzureisen. Aber ich brachte kein Wort heraus. Als die Hausherrin dann noch sagte, ich solle gegen Abend in ihre Praxis kommen, war ich zuerst überrascht. Sie hatte mir versprochen, mich zu untersuchen. Schließlich war ich schon weit über einem Jahr nicht mehr beim Frauenarzt gewesen. Ja, da war es endgültig vorbei. Jetzt konnte ich es nicht mehr sagen. Ich beschloss, es ihr dann nach der Untersuchung zu sagen.

Traumhaft geil, meine Frauenärztin.

Bevor sie das Haus verlässt, wollte ich ihr zum Frühstück sagen, dass ich nicht länger als Au Pair Mädchen bleiben möchte. Meine Hausherrin kam mir aber zuvor und sagte zu mir, dass ich gegen 18:00 Uhr in ihre Arztpraxis kommen solle. Das kam mir eigentlich gar nicht ungelegen, schließlich war ein Termin beim Frauenarzt für mich längst überfällig.

Den ganzen Tag wusste ich nicht so recht, ob ich meine Sachen packen sollte oder nicht. Sollte ich es ihr sagen, dass der Hausherr mich vergewaltigt hatte? Hatte er das denn wirklich? Sicher, er hat mich gegen meinen Willen genommen, aber da war ja auch noch diese Lust, die ich dabei fühlte. Wenn er jetzt zu mir kommen würde, würde ich mich ihm nicht verweigern und ihm doch gefügig sein. Ich würde ihn sogar ermuntern, mich zu nehmen, wie es ihm gefällt.

In meiner Fantasie gab ich mich ihm schon nach allen Regeln der Kunst hin. Ich verfluchte meine Gedanken, zumal ich keinen Slip unter dem Rock anhatte. Schnell trocknete ich mich etwas ab, zog mir einen Slip an und packte meine Siebensachen wieder in den Koffer. Um 18 Uhr war ich dann in der Frauenarztpraxis meiner Hausherrin.

Die Sprechstundenhilfe begrüßte und musterte mich von oben bis unten. Ich wusste aufgrund der vielen Komplimente, die ich laufend bekam, dass ich recht attraktiv und hübsch bin. Als

Frau ist man sich da sehr sicher und registriert auch die bewundernden oder auch neidischen Blicke anderer Frauen.

Meine Hausherrin entließ die Sprechstundenhilfe in den Feierabend und bat mich in das Behandlungszimmer. Sie sah sehr streng aus. Ihre Haare waren hochgesteckt und ihre bewundernswerte Figur kam in dem weißen Arztkittel sehr gut zur Geltung. Ich zog mich ganz nackt aus und setzte mich auf den Behandlungsstuhl. Sie sah mich an und war sichtlich verwundert, dass ich ganz nackt war. Erst jetzt wurde mir bewusst, dass das doch völlig unnötig war. Warum hatte ich das gemacht?

Meine Hausherrin brachte meine Beine, die schon in den Schalen des Behandlungsstuhles lagen, in eine weit gespreizte Position. Ich spürte, wie meine Pussy sich öffnete. Ich verfluchte mich wieder dafür, wie ich das heute schon des Öfteren tat. Meine Hausherrin schien das gekonnt zu übersehen. Jetzt war sie als Ärztin dabei, meine großen Schamlippen auseinanderzuziehen und mit Vaseline einzureiben. Mit zwei Fingern drang sie in meine Vagina ein, bewegte sie darin hin und her und sagte dabei leise, dass alles soweit in Ordnung wäre.

Ich wurde, entgegen meiner Absicht, immer erregter. Was geschah nur gerade mit mir, das mich schon die Fingerprüfung so erregte? Ob es an der Ärztin lag? Insgeheim stellte ich mir vor, sie ebenfalls fingern zu können. Die Ärztin sah mich in diesem Moment an, als könnte sie Gedanken lesen. Auf alle Fälle blieb ihr nicht verborgen, dass ich feucht wurde. Mit einem verschmitzten Lächeln sagte sie zu mir, dass ich mich doch bitte etwas zusammenreißen solle und dass dies eine Untersuchung und keine Lustmassage sei. Dabei ließ sie aber dennoch ihre Hand auf meiner Votze liegen.

Sie nahm ein Spekulum in die Hand und sagte dazu: „Ich untersuche nun Ihren Muttermund." Etwas unsanft schob sie das Gerät in meine Scheide. Ich war so erregt und feucht, dass es problemlos eingeführt werden konnte und meine Spalte gespreizt wurde. Ich war nicht mehr in der Lage, mich ernsthaft zurückzuhalten. Dieses Eindringen ließ mich kurz und lustvoll aufstöhnen.

Sie verdrehte die Augen, ließ sich aber weiter nichts anmerken und zog das Spekulum wieder heraus. Dann stellte sie sich vor mich, die linke Seite mir zugewandt, hin. Ich meinte, erkennen zu können, dass sie nichts weiter unter ihrem Arztkittel anhatte. Ich sah die Rundungen ihrer Brüste und den Ansatz ihrer Schamhaare. Ihr Blick auf mich war jetzt durchdringend, sie schien mich zu prüfen.

Als sie bemerkte, wohin ich schaute, schob sie ihre Hand unter den Kittel, tastete sich bis zur Muschi vor. Dabei schloss sie die Augen. Ich stöhnte laut auf und legte auch meine Hand auf meine Pussy und schloss ebenfalls meine Augen. Ich genoss mich und meine Gefühle und stellte mir vor, wie sie sich fingerte.

Als ich die Augen wieder öffnete, stand sie vollkommen nackt vor mir. Ich erschrak und brauchte einen Moment, um es zu realisieren. Sie war total geil und hoch erregt. Sie steckte ihren Kopf zwischen meine gespreizten Beine und mit ihrer Zunge leckte sie über meine Klitoris. Dann saugte sie und nahm ihre Finger zur Hilfe, die sich in meine nasse Votze bohrten und auch zielsicher meinen G-Punkt fanden.

Das war zu viel. Ich bäumte mich auf und zog ihren Kopf noch fester an mich ran. Sie aber drückte mir die Beine nach oben, griff in die Instrumentenschale und steckte mir einen langen Glasdildo in den Mund, den ich sofort mit Spucke nass machte. Sie steckte ihn mir dann in den Po und presste ihn direkt und fest rein. Ein kurzer Schmerz, dann war er drin, tief drin und meine Gefühle waren kaum noch aufzuhalten.

Sie ließ ihn in mir stecken und half mir vom Behandlungsstuhl runter. Unsere Lippen trafen sich zu einem leidenschaftlichen intensiven Kuss, mehr noch, unsere Zungen spielten miteinander. Dann schauten wir uns lange in die Augen und sie sagte plötzlich zu mir: „Du bist so verflucht jung und hübsch. Ich mag dich sehr. Ich möchte dich duzen. Ich bin die Julia und möchte dich nur noch Angela nennen, einverstanden?"

Ich glaubte erst nicht, was ich da hörte. Julia aber stieg nun selber auf den Behandlungsstuhl und ich sah ihre Votze verführerisch rosa glänzend vor mir. In meinem Kopf hämmerte es. In meinem Bauch fand ein Feuerwerk statt. Ja, das habe ich immer gewollt. Das war es, was ich nicht wahrhaben wollte, dass ich für eine Frau empfinden konnte. Julia aber winkte mich zu sich, deutete unmissverständlich auf ihre Votze und befahl: „Du leckst mich jetzt und glaube ja nicht, dass ich dich so einfach davon kommen lasse!" Da war er wieder, dieser Befehlston, der mich so willig machte. Ich genoss es sogar, es befohlen zu bekommen. Mit beiden Händen zog ich ihre großen Schamlippen zur Seite, um tief dazwischen mit meiner Zunge einzutauchen. Ihr lustvolles Stöhnen ermutigte mich, ihre geilen Titten zu kneten und ich genoss es, ihre harten Nippel dabei zu fühlen.

Ermutigt und bestärkt in meinem Selbstbewusstsein, traute ich mich, den Dildo aus meinem Arsch zu ziehen und ihn Julia in den Mund zu stecken. Begierig lutschte sie daran. Dann aber steckte ich ihn in ihren Hintern. Sie reagierte sehr heftig mit einem spitzen Lustschrei. Ich ließ mich nicht beirren und fickte damit langsam ihren Arsch. Zwischendurch zog ich ihn mal heraus und lutschte ihn selber genüsslich ab. Julia schaukelte sich zunehmend auf. Schnell rieb ich ihre Klitoris und fühlte, wie sie unter meiner Hand einen Orgasmus bekam.

Ich jubelte und freute mich so sehr, es erleben zu dürfen. Ich hatte eine Frau, eine ältere Frau mit viel Erfahrung und dazu noch eine Ärztin, zum Orgasmus gebracht. Julia sah mich gierig an. Ihre Nasenflügel bebten und ihr Atem ging schneller. „Jetzt bist du dran, süße Gespielin", hörte ich sie sagen. Jetzt wirst du verwöhnt und von mir abhängig gemacht. Jetzt willst du nichts anderes wollen, als für mich da zu sein und für mich zu kommen."

Sie nahm aus einem Fach einen Dildo, benetzte ihn gut mit Gel und setzt seine Spitze an den Eingang meiner Vagina und schob ihn ganz langsam hinein. Ich stöhnte leise und sie fühlte den Druck meines Unterleibes, wie er sich dem Dildo entgegen stemmte. Als er tief in mir war, drehte sie ihn langsam ein wenig hin und her. Die Noppen drückten sachte gegen meine Scheidenwände. Als sie ihn wieder zurückzog, verharrte sie auf meinem G-Punkt. Dann wieder langsam rein und langsam wieder raus. Sie fickte mich mit dem Latexteil so intensiv, dass mein Stöhnen lauter und häufiger wurde.

Julia reagierte heftig darauf und ging weiter auf meine Erregung ein. Sie war fasziniert von der Vorstellung, wie sich der Dildo in meine Vagina drängt und von meinen Muskeln eng umschlossen wird. Sie beugte sich vor, spitzte ihren Mund und pustete auf meinen Kitzler. Dann leckte sie, am Dildo vorbei, meine großen und kleinen Schamlippen. Meine Unterschenkel hingen jetzt über ihren Schultern. Sie zog mich nun ganz fest an sich. Ihre Finger suchten mein Poloch. Sie kratzte ein bisschen daran, dann drückte sie den Finger in meinen Darm.

Ein, zweimal ging sie rein und wieder raus, dann war ich weit genug offen für einen Arschfick.

Julia kam in Fahrt. So schnell wie sie den Dildo bewegte, hatte mich auch noch kein Mann gefickt. Aber sie machte dann noch mehr. Sie leckte meinen Damm, meine Oberschenkel und wieder meinen Kitzler. Ich stemmte mich dagegen, ich wollte es und stöhnte: „Fick mich, mache mit mir, was du willst!" Sie streichelte die Innenseiten meiner Schenkel mit ihrer Zungenspitze und brachte mich damit immer mehr in Wallung.

Ich hörte sie dabei sagen: „Mein Gott, wie schön du bist. Das ist so schön zu sehen, wie erregt du bist." Ihre Hand lag nun auf meinem Bauch. Meine Hände griffen nach ihren Armen, meine Nägel gruben sich in die Haut ihrer Unterarme. Julia sah mich liebevoll an und sagte: "Ja, meine geile Angela, ich freue mich sehr. Du bist eine richtig geile Frau,so wie ich es liebe."

Mit flacher Zunge leckte sie mir den Damm vom Arschloch bis zur Klitoris. Durch einen leichten Druck auf die Vorhaut meiner Klitoris, legte sie meine Minieichel frei und bearbeitete die kleine Perle mit der Zungenspitze. Ich stieß meinen Unterleib nach oben, quetsche mit den Händen meine Brüste zusammen. Dann kam mein erlösender Schrei. Es begann einer dieser wilden und intensiven Orgasmen, die mich immer so richtig durchschüttelten.

Julia half mir anschließend aufzustehen. Meine wackeligen Füße sprachen Bände. Ich umarmte sie, ich fühlte mich geborgen ich fühlte mich verstanden. Sie streichelte mich zärtlich und gestand mir: "Ich lasse dich nicht mehr frei. Ich will dich für mich haben, als meine Gespielin, die nur für mich da ist. Jetzt machst du, was ich dir sage und du wirst dich unendlich glücklich dabei fühlen." Ich schluckte heftig, denn ich wusste nicht genau, was das für mich bedeuten sollte.

Traumhaft geil, Julia und ihr Mann

Ich war verwirrt, das war zu viel für mich. Der Hausherr hatte mich also gegen meinen Willen gefickt, weil Julia wissen wollte, ob ich mich für sie als Gespielin eignen würde. Die ganze Nacht konnte ich nicht schlafen. Ich weinte und war dann auch wieder glücklich. Es war eben eine Achterbahn der Gefühle. Die Lust, die ich mit dem Hausherrn empfand, überkam mich wieder. Und nach einer kurzen Schlafphase fühlte ich mich dennoch zu Julia hingezogen. Sie war so liebevoll zu mir gewesen.

Dieser Befehlston, „verfügbar zu sein" oder jederzeit „Gespielin zu sein" ging mir nicht mehr aus dem Kopf. Ich brauchte das. Das bedeutete wohl, dass ich Lust empfinde, wenn ich mich unterwerfen kann, wenn ich benutzt werde, wenn ich den beiden Freude machen kann. Besonders wenn ich etwas machen soll, das Julia Lust und Geilheit verschafft. Dann habe ich sie allein für mich, dann wendet sie sich mir zu. Das wollte ich nutzen, das war der Schlüssel.

Ich schlief beruhigt ein und wachte erholt auf. Die Kinder waren schnell versorgt und bereits auf dem Wege zur Kita oder zur Schule. Ich wollte wissen, wie mein Hausherr und meine Hausherrin, meine verehrte Julia, weiterhin reagieren. Ich wollte meine Rolle erst mal weiterspielen. Je mehr ich darüber nachdachte, umso geiler wurde ich. Ich stand einfach auf vom

Frühstückstisch, ließ meinen Morgenmantel fallen und legte meinen Oberkörper auf die Arbeitsplatte in der Küche. Jetzt stand ich nackt mit weit gespreizten Beinen da und gewährte Einblick in meine Votze und Arschvotze.

Einen Moment herrschte Sprachlosigkeit. Dann stand Julia auf, klatschte mir die Hand auf den Po. Ich schrie auf. Es tat weh, aber gleichzeitig zuckte es in meinem Körper. Es machte mich an. „Fick du sie!", hörte ich Julia sagen und mein Hausherr wichste sich seinen Schwanz hart. „Wie hübsch du bist", sagte Julia mir. „Was für ein süßer Körper", war sein Kommentar, während er in meine Votze eindrang. „Fick sie hart, das Fickluder!", kommandierte Julia. Dabei hatte ich wieder dieses herrliche Ziehen in meiner Votze.

„Mach diese Familienhure fertig, diese Schlampe, bring deinen Gammelschwanz richtig hart rein, du Drecksau!", hörte ich von ihr. Es traf mich wie ein Blitz. Ich wurde schubweise nass und stemmte mich gegen seine Stöße. Ich konnte unter meinen Armen hindurch sehen, dass Julia neben ihm stand. Sie hatte beide Mittelfinger in ihrer Votze und masturbierte heftig. Sie und ich warteten nur darauf, dass er tief in mir kommt, um einen Orgasmus bei uns beiden auszulösen. Es funktionierte, wir kamen fast gleichzeitig.

Plötzlich aber kippte die Stimmung. Julia schrie ihren Mann an: "Hau endlich ab!". Sie wollte jetzt mit mir alleine sein. Sofort kniete sie hinter mir und leckte mich wundervoll von der Klitoris bis über den Anus hinweg. Ich fühlte mich wie im Himmel. Als ich mich dann aufrichten durfte, küsste sie mich zärtlich. Ich schmeckte den Samen ihres Mannes, was mich richtig glücklich machte. Julia legte ihre Finger auf meine Votze und rieb mich. Sie hörte erst auf, als ich noch einen Orgasmus bekam. Sie war wundervoll und nahm sich noch die Zeit für ein gegenseitiges Schlecken und Auslecken auf dem Bett, bevor sie in die Praxis fuhr.

Der Tag für mich wurde immer besser. Ich spürte, wie ich lockerer wurde. Ich hatte mich erprobt und ein Gefühl für diese, mir zugewiesene Rolle bekommen. Ich war erfolgreich, weil wir alle drei unseren Orgasmus hatten. Ich hatte Julia zur Reaktion gezwungen und sie hatte es positiv angenommen. Ich war sicher, ihr hatte es gefallen und war deshalb sehr zufrieden. Aber ich grübelte auch, wie es sich wohl weiter entwickeln würde.

Als Julia nach Hause kam, schlief ich schon. Sie hatte noch ein Treffen mit den Kollegen vom Ärzteverband. Es war so gegen 2 Uhr in der Nacht, als sie nackt an meinem Bett stand und mich unsanft weckte. „Los komm!", herrschte sie mich an und ging ins Schlafzimmer. Ich rappelte mich auf und konnte gerade noch mein Nachthemd abstreifen. „Los, blas` ihm den Schwanz!", kommandierte sie mich. Noch völlig schlaftrunken machte ich mich über den schlappen Schwanz her. Es dauerte eine ganze Weile, ehe ich ihn überhaupt wichsen konnte.

Als ich ihn dann endlich in den Mund bekam, ging es Julia nicht schnell genug. „Steck' ihm doch den Finger in den Arsch", zeterte sie. "Ich will die Sau endlich ficken!" So konnte ich ihn bequem ficken. Julia war nicht zufrieden und fragte ungeduldig: „Kannst du ihn nicht mal im Rachen ficken?" Dabei drückte sie meinen Kopf soweit runter, dass ich mich verschluckte und mühsam nach Luft ringen musste. Das kümmerte sie wenig. Blitzartig schob sie mir den Daumen in den Po und zwei Finger in die Votze.

Jetzt schrie ich und fühlte mich wie vom Blitz getroffen. Julia aber machte die Finger gegen den Daumen zu, zwängte meinen Damm regelrecht dazwischen und zog und schob, als ob es eine Schlaufe war, die sie in der Hand hatte. Ich lernte schnell, mich mit ihr zu bewegen und den Schwanz des Hausherrn dabei zu ficken. Das war ein unbeschreiblicher Reiz. Julia machte mir doch so blitzschnell einen Orgasmus, gegen den ich mich nicht wehren konnte.

Als sie spürte, dass alles so lief, wie sie das wollte, zog sie mich an den Fingern im Arsch und in der Votze zurück. Heftig, ruckartig. Mir wurde schwarz vor Augen. So unsanft ist noch keiner mit mir umgegangen. Sie zog mich weg vom Hausherrn und setzte sich auf seinen Schwanz. Sie musste sehr nass gewesen sein, denn der Schwanz verschwand im Nu in ihr. Dann begann sie sich, durch Kippen des Beckens selbst zu penetrieren.

Ich stand jetzt wie ausgemustert und abgestellt, so richtig dumm da. Julia griff aber nach meiner Hand, zog mich um sie herum und deutete mir an, mich auf sein Gesicht zu setzen. Der Hausherr schien erfreut über die Aussicht, mich lecken zu können. Als ich aber mit dem „Facesitting" begann und er mich ausschleckte, gab mir Julia zu verstehen, dass ich mich richtig draufsetzen und ihrer Beckenbewegung folgen solle.

Seine Nase strich mir jetzt von der Klitoris bis zum Anus. Ich fand diese Bewegung, mich an ihm zu „wetzen" und mir dabei einen Orgasmus zu verschaffen, gar nicht mal so schlecht. Mehr noch, seine Nase tauchte tief in meine Votze, die ich dann genüsslich drehte oder in meinen Arsch, der sich zunehmend leichter öffnete. Julia schien dieses zu gefallen. Sie nahm meinen Kopf zwischen ihre Hände und drückte mich noch weiter runter. „Räche dich an ihm!", bemerkte sie zynisch. Dann küsste sie mich. Sie wurde immer zärtlicher, je mehr sie in Fahrt kam, je näher sie dem Orgasmus entgegen trieb. Der Speichel tropfte uns beiden schon aus dem Mund. Wir wurden wilder und geiler. Wir vergaßen den Hausherrn, der war nur noch Fickmaterial oder Fickspielzeug für uns.

Julia kam laut und heftig und gab mir Gelegenheit, direkt nach ihr zu kommen. Beide sahen wir uns erschöpft an. Der Samen des Hausherrn lief aus der Votze. Auch der Hausherr protestierte heftig, rang nach Luft und versuchte uns abzuwerfen. Wir ließen uns zur Seite fallen und Julia herrschte ihn im harten Befehlston an: "Verschwinde! Ich brauche dich nicht mehr." Und das „Männle", wie sie ihn jetzt abschätzig nannte, trollte sich davon.

Wir lagen in Löffelchenstellung hintereinander. Julia führte ihre Hand an ihre mit Nässe gefüllte Votze. „Spiel noch ein wenig", schnurrte sie jetzt. Sie war ganz weich geworden, ganz lieb. Ich tat, was sie wollte. Nach einiger Zeit aber wurde ihr das zu viel. Sie nahm meine Hand und legte sie auf ihre Brust und kuschelte sich noch enger an mich. So schliefen wir ein.

Und das „Männle"? Weiß ich nicht, vermutlich hat er auf der Couch bis zum Einschlafen onaniert, weil er es mit zwei Frauen treiben durfte.

Traumhaft geil, verkauft zu werden.

„Wir gehen heute Abend ins Theater und danach alle zusammen in die Hotelbar!", bestimmte Julia am Küchentisch. Mir sagte das vorerst nichts, aber ich meinte, beim Hausherrn ein Glänzen in den Augen zu sehen. Der Tonfall von Julia ließ weder Widerrede noch irgendeine Frage zu. „Ich lege dir dann noch was raus, was du anziehen wirst", legte Julia nach. Diese Ansage war an mich gerichtet.

Über das, was sie da nun plante, machte ich mir keinen Kopf. Ein wenig Abwechslung tat mir ja ganz gut. Als ich mit den Kindern dann mittags nach Hause kam, fand ich auf meinem Bett ein langes Kleid aus einem Hauch von Tüll. Der obere Teil war so wie eine klassische hochgeschlossene Bluse geschnitten. Im Bereich des Beckens war ein etwa 30 cm breiter Gürtel angebracht, der mich mehr an eine Bauchbinde als an einen Minirock erinnerte. Der lange Rock war links und rechts an den Beinen im hinteren Bereich bis zum Oberschenkel geschlitzt, sodass sich so etwas wie eine 30 cm breite Schleppe ergab, die dann über den Hintern fiel.

Nachdem die Kinder versorgt waren, ging der Kleine zum Mittagsschlaf in sein Zimmer und der Große begann, seine Schularbeiten zu machen. Das war die Gelegenheit für mich, das Kleid anzuprobieren. Die Stilettos passten wundervoll dazu und das Kleid saß wie angegossen. Mir persönlich war es viel zu durchsichtig. Also suchte ich einen knappen, schwarzen BH raus, den ich darunter tragen konnte. Ich fand mich umwerfend, als ich mich im Spiegel betrachtete. Meine Brüste, auf die ich so stolz bin, kamen optimal zur Geltung. Meine schlanken Hüften wurden auffallend betont. Ja durchaus, ich war selbstverliebt in meinen Anblick und fühlte große Lust.

Als Julia mich am Abend dann sah, fuhr sie mich wütend an: „Zieh sofort den BH aus!". Dann schob sie das Kleid hoch und sah den String, den ich darunter trug und fügte hinzu: „Und den ziehst du auch aus und gehst ohne!" Ich war wie gelähmt, als sie mir durch die Schlitze griff und mir den String runter riss. Den BH legte ich ab und bedeckte reflexartig meine Brüste mit den Händen. „Ich glaube wir müssen wohl noch Körperhaltung üben!", bellte Julia und zog mir dabei die Arme runter, sodass sie wieder freien Blick auf meinen Oberkörper hatte.

Auf der Fahrt zum Theater bekam ich weiche Knie. Im Auto durfte ich nichts weiter am Körper tragen, als eben das hauchdünne, lange Kleid. Ich begann zu frieren und meine Nippel wurden hart. Der Wind drückte den dünnen Stoff noch enger an meinen Körper, ich kam mir nackt vor. Im Foyer wurde ich in diesem Outfit regelrecht bestaunt und die Leute bildeten instinktiv eine Gasse für mich. Es war wie auf dem roten Teppich! Ich beherrschte mich und versuchte, dementsprechend selbstbewusst aufzutreten, was mir zum Glück auch gelang. Ich konnte die Bewunderung der Anderen förmlich spüren. Das machte mich glücklich. Es knisterte geradezu. Jeder, egal ob Mann oder Frau, schien mich zu begehren. Für diesen Augenblick war ich, von allen beachtet, der gefühlte Mittelpunkt der anwesenden Gesellschaft.

Julia sonnte sich in der Bewunderung für mich. Sie wich mir nicht von der Seite. Sie wollte mit mir gesehen werden. Ich lächelte sie an: "Du bist die Herrin, ich mag diese Bewunderung." Nach der Veranstaltung, als wir ein Stück zu Fuß durch die Stadt in die angekündigte Hotelbar gingen, erntete ich, genauso wie zuvor im Foyer, weitere bewundernde und begierige Blicke. Ich war nicht nur stolz auf mich, ich war auch stolz auf Julia, die es verstand, mir zu zeigen, wie sehr sie mich doch manipulieren konnte. Ich fühlte eine nie gekannte Genugtuung, all dieses für sie tun zu dürfen. Ohne Julia, hätte ich mir dieses Outfit nicht zugetraut. Es wäre für mich unvorstellbar gewesen.

„Sie ist der Boss!", ging es mir durch den Kopf, als sie mir befahl, mich auf der Tanzfläche etwas lasziver zu bewegen. "Mache es nicht zu auffällig, aber betont sinnlich", forderte sie mich auf. Danach tranken wir an der Theke etwas Prosecco und die Männer dort drehten sich sofort zu mir um. Mit einem unterhielt sich Julia intensiver. Sie winkte mich anschließend zu sich und zog mich Richtung Toiletten und der Mann folgte uns. Dort schob sie mich in eine Kabine und blieb an der Tür stehen. „Bück' dich!", hörte ich ihn sagen. Ich gehorchte willenlos. Seine Finger gingen ohne Vorwarnung durch meine Schamlippen. Ich erschrak deshalb mächtig, richtete mich auf und sah, wie er seine Finger ableckte. Dann griff er an meine Brust und hob die Augenbrauen.

Es dauerte alles nur ein paar Sekunden und er verließ wieder den Toilettenbereich. Ich war verunsichert und zitterte, als Julia zu mir in die Kabine kam und mir offenbarte: „Er wird dich ficken, er bezahlt gut dafür. Mehr musst du nicht wissen!". Sie nahm mich bei der Hand und wir gingen zurück. An der Bar tranken wir unseren Prosecco aus und gingen anschließend zum Fahrstuhl. Der Hausherr trottete hinterher. Er sah mich immer so komisch von oben bis unten an.

Ich sollte also den Mann von der Toilette ficken? Wie denn? Wie soll das gehen? Werden denn Julia und der Hausherr etwa dabei sein? Was soll ich machen? Was muss ich ertragen? Was erwartet der Mann von mir? Die Fragen in meinem Kopf nahmen kein Ende. Es war eine Situation, die mich verzweifeln ließ. Julia reagierte nicht auf meine Blicke. Im Hotelzimmer angekommen, streifte sie mir das Kleid ab und sagte nur: „Leg dich auf den Rücken und lass sie einfach machen!"

Lass „sie" machen? Wen in aller Welt meinte sie damit? Es klopfte an der Tür. Julia öffnete und der Mann von der Toilette kam herein. Der Hausherr und er umarmten sich. Ja, sie küssten sich sogar. Beide öffneten sich die Hosen und begannen sich erst selbst, dann gegenseitig zu wichsen. Der Hausherr ging auf die Knie und begann den Mann einen zu blasen oder besser gesagt, der Mann fickte kräftig in seinen

Mund. Ich spürte die sichtbare Erregung und die geile Kraft dieses Mannes.

Dann kam der Hausherr zu mir. Julia hatte sich zum Fenster begeben und schaute nur zu. Jetzt aber ließ sie ihren Rock fallen und ich sah, dass sie kein Höschen anhatte. Der Hausherr riss mir nur die Beine auseinander und spuckte auf meine Votze. Die Spucke verteilte er über die Schamlippen und drang rücksichtslos in mich ein. „Schön trocken ist sie. Das erhöht den Reiz", meinte er noch. Der Mann von der Toilette kniete jetzt neben ihm und setzte seinen Schwanz, oberhalb des Schwanzes vom Hausherrn, auf meine Votze.

Mit entschlossenem Druck, ohne Rücksicht auf Verluste, weitete er mich auf. Ich schrie. Noch nie hatte ich zwei Schwänze in meiner Votze. Das Weiten der Vagina war qualvoll. Ich wand mich und wollte ausweichen. Mit beiden Händen aber drückte er mir das Becken runter und stieß noch tiefer rein. Ich schrie wieder auf und Julia kam zu mir, hielt mir die Hand und meinte völlig unaufgeregt: „Gleich ist es vorbei." Hilfesuchend flehte ich sie mit meinen Blicken an, aber darauf reagierte sie nicht. Ich sah, wie sich ihre Finger in ihrer Votze bewegten. Sie geilte sich offensichtlich an der Situation auf.

„Sie lässt das machen, weil sie sich daran aufgeilt", fuhr es mir durch den Kopf. Ich muss es für sie machen und der Kerl bezahlt auch noch dafür. Sie ist halt der Boss. Dann aber fickte der Mann los. Nur was machen die da? Ich war immer noch trocken und es war nicht gerade angenehm, mal abgesehen davon, von zwei Schwänzen ausgefüllt zu sein. Aber dann spürte ich doch so etwas wie Lust. Es war ja für Julia. Ich wurde nasser und die Kerle fickten nicht, nein sie stocherten in mir herum!

Es dauerte schon eine Weile, bis mir klar wurde, dass die sich dabei eigentlich gegenseitig selbst fickten. Sie stimulierten sich gegenseitig die Schwänze. Sie benutzen mich als eine Art Fickhülse. Ich als Person war ihnen eigentlich gleichgültig. Ob hübsch oder hässlich, denen war meine Erscheinung völlig egal. Sie wollten nur sich selbst spüren. Sie wollen sich nicht nur gegenseitig ficken oder wichsen, sondern sie wollten sich in mir begegnen und sich dabei ficken. Julia reagiert immer heftiger, desto kräftiger und erregter die Männer aufeinander ein fickten. Ich meinte, diese männliche Zielstrebigkeit zu spüren, kommen zu wollen, kommen zu müssen.

Jeder wollte den anderen zum Spritzen bringen. Teils wütend, teils rasend, wie Kampfhähne, begegneten sich die Zwei jetzt in mir. Das war, was Julia wollte. Dieser männliche Fickkampf. Dieses „Außer Kontrolle geraten" hatte es ihr angetan. Ich wurde jetzt geiler. Dieser Wille der Männer, zu kommen, nahm mich mit. Ich wurde jetzt nasser und begann zu tropfen. Um meine Schamlippen bildete sich jetzt dieser weiße Fickschaum, den so mancher Mann gerne ablecken würde.

Sicher hatten die Männer auch schon ihre Tröpfchen abgeben, bevor sie zum Orgasmus kamen. Und, als ob ich es geahnt hätte, gingen die Finger von Julia an meine Schamlippen und streiften den Schaum ab. Sie leckte sich die Finger, holte sich die nächste Portion und schob sie mir in den Mund. Sie war geil! Die Männer waren wild und atmeten schwer. Ich kam ins Schwitzen, wollte helfen, wurde aber nicht beachtet. Also, mich eng machen, hatte keinen Sinn. So gut es ging, hielt ich dagegen. Dann aber plötzlich, wie aus heiterem Himmel, kam es mir. Ich stöhnte derart heftig, dass man es bestimmt noch auf dem Flur hören konnte. Jetzt konnte sich auch der Hausherr nicht mehr zurückhalten.

Meine Votze glich jetzt eher einem Schwimmbad. Julia trat hinter den Mann von der Toilette und steckte ihm den Finger in den Arsch. „Los komm, du elender Stecher!", herrschte sie ihn an. Es funktionierte. Als Julia das bemerkte, meinte ich, das erste Mal an diesem Tag, ein Lächeln in ihrem Gesicht zu sehen. Wir alle kamen ein wenig runter, als Julia die Männer aus dem Zimmer drängte. Es schien fast, als ob sie ihnen ihre Klamotten hinterher werfen wollte.

Nur noch zu zweit im Zimmer, lag sie sofort zwischen meinen Beinen und begann mich zu lecken und schwärmte: „Herrlich, diese junge Votze und der Samen der Männer." Sie befand sich regelrecht in einem Rausch. Völlig mit sich und ihren Gefühlen, dem Schmecken und den Fingern in ihrer Votze, lag sie da und masturbierte wie wild. Sie hatte sicher nicht nur einen

Orgasmus. Als sie nicht mehr konnte und von der Anstrengung erschöpft war, nahm sie mich in die Arme. Wir waren ganz still und fühlten uns eng verbunden. Ich verstand ihre Geilheit und stellte fest, wie gut es mich befriedigte, weil ich es für sie getan hatte.

„Schön, dass ich dich habe", murmelte sie vor sich hin. Mir in die Augen sehen konnte sie dabei nicht.

Traumhaft geil, die Sprechstunde

„Heute Abend um 20 Uhr kommst du in die Praxis. Du wirst gefickt", sagte sie am Morgen ohne weiteren Kommentar zu mir. „Ein Fick täte mir gut", ging es mir durch den Kopf, als ich am Abend die Praxis betrat. Empfangen wurde ich von der Sprechstundenhilfe. „Ich bin die Monika", stellte sie sich vor. „Julia kommt etwas später, du sollst schon mal in den Behandlungsraum gehen und dich auf den Stuhl setzen." Ich tat, wie von ihr angewiesen, zog mich aus und setzte mich auf den Stuhl. Ehe ich es aber richtig begreifen konnte, hatte Monika mir die Beine und Arme mit Klettbändern fixiert. „Damit du mir keine Dummheiten machen kannst", kommentierte sie ihr handeln. Und Julia? Julia ließ sich nicht sehen.

„Was hast du mit mir vor?" Aber auf meine Frage bekam ich von Monika nur folgende Antwort: „Warte es ab, meine scharfe Angela." Während sie das sagte, drückte sie meine großen Schamlippen zusammen und zog ein wenig daran. Dann ließ sie meine Schamlippen los und kreiste mehrmals mit der Fingerspitze um meine Vagina herum. Ihre Berührungen, also diesen gespielten Untersuchungen an meiner Pussy, erregten mich doch sehr. Immer wieder umkreisten ihre Finger meine Schamlippen und die Klitoris. Die meisten Frauen sind in dieser Region wohl besonders empfindlich. Meine impulsiven Reaktionen auf diese Art Behandlung waren also völlig normal.

Monika aber spielte die sichtbar ungehaltene Ärztin und schimpfte über mein Lustempfinden. Sie schaute mich mit finsterer Miene an. Ihre Haltung wurde nun sehr gebieterisch. Sie sagte nur: „Ja, wir warten jetzt auf die Spezialbehandlung." Vergeblich versuchte ich mich aus der Fixierung zu befreien. Was stand mir nur bevor? Eigenartig, obwohl ich sehr ängstlich wurde, stieg meine Erregung eher noch weiter. „Was kommt denn noch?", frage ich ängstlich.

Bevor ich eine Antwort bekam, zeigte sie mir das nächste Gerät, eine sogenannte Muschipumpe. Sie stülpte mir die Pumpe über die Schamlippen, drückte sie leicht an und begann damit zu saugen. Oh, war das ein geiles Gefühl. Die Schamlippen schwollen an und ich merkte, wie noch mehr Pussyschleim aus mir austrat. Die äußeren Schamlippen wurden dick und rund. So groß waren sie noch nie. Die inneren Schamlippen standen wie kleine Segel heraus und wurden fester. Nachdem Monika die Glocke entfernt hatte, spielte sie mit meinen Schamlippen und klappte sie hin und her. Alles war so heiß und ich fühlte, dass rhythmische, pulsierende Wallungen in mir aufstiegen. Die ganze Pussy war geschwollen und unglaublich sensibel.

Monika holte nun ein neues Instrument, welches ein summendes Geräusch von sich gab. Es war ein sogenannter Womanizer, den sie mir forsch an meine Perle hielt. Meine geschwollene und überempfindliche Muschi reagierte sofort darauf. Es ging plötzlich alles rasend schnell. Ich bäumte mich regelrecht in meiner Fesselung auf, so überwältigend war dieses unglaubliche, geile Gefühl des herannahenden Orgasmus. Ich schrie meine Lust laut heraus. Meine Muschi glich einem tiefen, überlaufenden Brunnen, der seinen ganzen Inhalt freigab. Es lief mir an den Schenkeln herunter. So schnell war ich noch nie gekommen. Und dann war sie da. Julia leckte mir die Muschi aus. Ich schwebte und zitterte. Ich hatte einen Orgasmus für Julia gehabt.

Julia löste die Bänder. Ich kam nur mühsam von diesem Pflaumenbaum runter. Meine Beine waren steif vom Liegen. Julia aber herrschte mich an, ich solle mich gefällig zusammennehmen. Dann legte sie mir einen Strap On an und forderte: „Los, jetzt zeig mal, was du kannst. Aber schön hart und tief will ich gefickt werden!" Sie legte sich neben Monika mit dem Oberkörper auf die Behandlungsliege. Dann begann ein Martyrium. Nichts war gut genug. Nichts schnell genug, nichts kräftig genug, „Du Schlampe, zu viel gefickt, unfähig, aus dir wird nie was!", waren einige ihrer exzessiven Ausbrüche, welche ich über mich ergehen lassen musste. Es war schon sehr gemein, was ich dort hören musste, aber ich widersprach nicht. Ich gab mir Mühe und kämpfte mit mir und dem Strap On, bis beide genug hatten.

Ich war fix und fertig und ausgelaugt, als ich es den beiden endlich besorgt hatte. Meine Knie zitterten, ich konnte kaum noch atmen und ich wollte mich setzen. „Na, da muss aber jemand noch härter werden", lästerte Monika weiter und packte mich, um mich ebenfalls auf die Liege zu legen, direkt neben Julia. Genauso, wie die beiden die ganze Zeit lagen. Dann ging alles ganz schnell. Es war der Hausherr und zwei weitere Männer, Micha und Sacha, wie ich später erfuhr. Sie hockten hinter uns und leckten uns aus. Ich mochte das sehr. Sie feuchteten uns mit unseren eigenen Säften auch den Anus an und bohrten mit den Fingern darin herum. Wir schrien alle drei, als sie plötzlich ohne Warnung in uns eindrangen.

Der Schmerz überwältigte mich. Ich wand mich und wollte nur noch weg von hier. Aber ich hatte keine Chance. Julia streckte die Hand aus. „Gleich ist es vorbei!", hörte ich von ihr. Es war der Hausherr, der mich dann in einem Durchgang ohne Pause fickte. Hart und tief, bis ich spürte, wie er kam. Froh, nun erlöst zu sein, folgte sogleich der nächste Schreck. Micha hatte bei Monika nicht abgespritzt, das holte er jetzt bei mir nach. Und Sacha tat es ihm auch noch gleich. Drei Männer, die mich befüllten und sich bei mir ihre Befriedigung holten. Für Monika aber war es die Gelegenheit. Sie leckte mir den Arsch und forderte mich auf, alles raus zu drücken. Sie hatte ihre Finger in der Votze und machte es sich dabei. Und Julia? Ja, sie schaute zu. Es gefiel ihr wohl, wie Monika mich behandelte.

Zu Hause hatte ich nur noch Sehnsucht nach meinem Bett. Meine Schamlippen waren weiterhin geschwollen und wulstig von der Vakuumpumpe. Sie waren immer noch sehr empfindlich. Mein Arsch tat mir weh. Er war noch nicht wieder geschlossen und leuchtete rosa, wie ich im Spiegel feststellen konnte. Ich war geschafft. Ich war gerade im Bett, als Julia wortlos zu mir kam. Sie hob meinen Arm, drehte mich und wir lagen in Löffelchenstellung. Eine Sekunde später schrie ich auf. Sie hatte meine Brust gepackt und fest zugedrückt und zwirbelte dabei meine Nippel. Als der Schmerz etwas nachließ, spürte ich etwas in meiner Muschi. Julia hatte mich doch schon wieder damit angemacht. Sie drängte mit einer Hand zwischen meinen Pobacken nach vorne. Zwangsläufig stellte ich das Bein auf.

Sie war sofort mit zwei Fingern in meiner Votze, wo sie aber regungslos verharrten. Dennoch, sie waren da und reizten mich. Nichts geschah weiter, außer dass ich zunehmend geiler wurde. Ich spürte meine Klitoris. Mit dem Mittelfinger streifte ich über diese kleine Kuppe. Das reichte schon fast. Die Perle wurde hart. Ich streifte mit meinen Fingern auf und ab und atmete schwer, ja ich schnaufte richtig. Ich schien Julia völlig zu vergessen. Aber da waren ihre Finger auf meiner Votze. Julia bewegte sie nicht. Das Blut stieg mir bis in den Kopf. Ich versteifte mich, streckte meine Beine, um sie dann wieder anzuziehen. In der Hocke überkamen mich dann die Flut der Wärme und Wallungen.

Julia hatte ihre Hand immer noch nicht zurück gezogen. Das geschah erst jetzt. Sie kuschelte sich an mich, küsste mich hinter dem Ohr und flüsterte: „Nein, nicht härter werden, wie Monika meinte. Ich mag dich so sanft. Danke, dass du mir vertraust."

Kleine Fickträumerei auf dem Balkon

Ich liebe meinen Balkon. Er ist so schön windgeschützt. Wir hatten nur 10° Celsius die Nacht über. Jetzt aber schien tagsüber die Sonne ohne Unterlass und es wurde wärmer. Ich war so nahtlos braun, weil ich jede Gelegenheit nutzte, um mich zu bräunen. Heute war der Himmel wolkenlos und die Wärme tat mir gut auf der Haut. Ein Bein auf dem Geländer und das andere Bein auf der Blumenbank, schien sie mir richtig in die Muschi. Ich liebte das. Es kribbelte dann so schön und meine Finger begannen automatisch zwischen den großen und kleinen Schamlippen auf und ab zu gehen. Das war meine Stunde. Ich spürte, wie ich nass wurde. Die Schamlippen wurden fester und schwollen an. Geilheit kam auf. Ich sehnte mich danach, ausgefüllt zu sein.

Ich wollte mir den Dildo holen. Aber als ich ihn holen gehen wollte, fiel mir ein, ich war ja einkaufen. Der Gedanke mit der Gurke ließ mich nicht los. Also nahm ich sie auch noch mit. Auf der Liege war ich jetzt noch erregter. Die Gurke, allein die

Vorstellung, machte mich heiß. Meine Votze lief bereits und genüsslich rieb ich mir mit dem Votzensaft den Po ein. Dann setzte ich die Gurke an. Einfach nur drücken und entspannen. Der Weg ist das Ziel und der Weg geht rein. Stetig senkte sich die Gurke in mich rein. Ich dachte, es wird schwieriger. Die 5 cm bereiteten mir ein wohliges Gefühl des Ausgefülltsein. Sie mag ja 30 cm lang sein, aber die passten nicht ganz rein. Das federhafte Nachdrücken in die Tiefe machte mich jetzt völlig geil. Es lief mir zwischen die Pobacken über den Anus. Ich fühlte mich so lebendig.

Wolken zogen vorüber. Es war alles in ein weißes gleißendes Licht getaucht. Dann spürte ich plötzlich Tau auf meinem Gesicht und kleine silberne Perlen tropften von meiner Stirn. Es war nicht real. War es ein Traum? Ich schwebte, ich schwitzte. Sterne blitzten. Du warst da. Du nahmst mich, wie eine Feder. Da über den Sessel hörte ich. Lass die Gurke drin. Und dann spürte ich dich. Ich schrie, als dein Schwanz meinen Anus öffnete. Du warst in meinem Arsch und gingst tief rein. Ich schrie, ich schnaufte. Die Gurke und dein riesiger Schwanz füllten mich aus. Es wurde schwarz vor meinen Augen. „Nein, bloß nicht ohnmächtig werden!", hämmerte ich mir ein. Du fluchtest fürchterlich: „Verdammte Gurke, die reibt auf meinen Eiern, die ist zu lang! Ich komme nicht ganz rein!" Aber ich schwebte von Wolke zu Wolke. Wolkentropfen trafen mich, kühlten mich. Dann war da dieses Rauschen, wie Regen hörte es sich an. Wind der mich durchschüttelte. Es war warm, es war nass, es war wundervoll.

Was war denn? Ich öffnete die Augen. Wo war ich? Meine Hand umklammerte die Gurke. Sie war abgebrochen. Der Rest war immer noch in mir. Die andere Hand war am Dildo. Der steckte im Arsch. Ich hatte doch nicht? Doch ich hatte mich vorne und hinten gleichzeitig gefickt. Ich war gekommen, oder war es lediglich ein Traum? War es real? Mühsam richtete ich mich auf und begab mich unter die Dusche. Die kleinen Wasserstrahlen brachten mich zurück ins Hier und Jetzt. Ich drückte die restliche Gurke raus und entledigte mich des Dildos. Mit der Hand konnte ich kaum über den Anus streichen und meine Muschi wollte die Finger so gar nicht mehr zwischen den Schamlippen. Der Po war noch offen. Die Schamlippen übersensibel. Meine Hände, voller Schaum vom Shampoo, glitten den Körper aufwärts. Ich hob die Brüste leicht an und ließ ganz langsam die Nippel über die Handflächen gleiten. Es kribbelte zwischen meinen Beinen. Es funktionierte noch. Meine Arme streckten sich nach oben. Ich jubelte: "Das Leben ist so wundervoll."

Michael

Michael ist 42 Jahre alt und gelernter Bäcker. Er träumt heute noch davon, von einer Frau angesprochen zu werden und sich ihr präsentieren zu dürfen. Am liebsten zeigt er seinen Po. Die Frau solle ihm Anweisungen zu geilen Handlungen geben. Zum Ende seiner Lehrzeit, als er als Geselle schon freigesprochen war, hatte er so ein geiles Erlebnis, was er sich immer wünschte. Erst wollte er nicht darüber reden. Aber dann fasste er sich doch ein Herz und traute sich, diese, schon länger zurückliegende Geschichte zu erzählen.

Traumhaft geil, meine Gesellenprüfung Teil I

Stolz hielt ich meinen Gesellenbrief zum Bäcker in der Hand. Am nächsten Tag sagte mein Meister zu mir, ich müsse für eine Woche bei einem Freund in der Fabrik aushelfen. Er gab mir sein altes Auto für die Fahrt dorthin und ich schaffte es auch pünktlich um 2:00 Uhr früh in der Fabrik zu sein. Die Arbeit dort schlauchte mich doch sehr und es gab außer Wasser nichts anderes zum Trinken. Ich war froh, dass im Auto noch eine große Flasche Limonade lag. Aber als ich sie öffnen wollte, platzte sie und machte mich völlig nass. Eineinhalb Liter Limonade versickerten zwischen meinen Beinen im Autositz.

Im Kofferraum hatte ich eine Matte liegen, als Unterlage für die Stranddecke zum Liegen am See. Die kam mir jetzt zugute. Diese Matte nahm ich nun als Unterlage für den Fahrersitz. Dann zog ich mir meine nasse Hose aus und setzte mich auf diese Matte. Aber das ging immer noch nicht. Also zog ich meine Unterhose auch aus, weil sie ebenfalls zu nass war und saß nun nackt am Steuer. In diesem Moment klopfte es an der Scheibe und ich kurbelte das Fenster runter. „Du musst der Micha sein. Wir kennen das Auto von deinem Meister. Du kannst uns doch bestimmt mitnehmen" sagte eine der drei Frauen, die plötzlich neben dem Auto standen. Ich schätzte ihr Alter so um die 40 Jahre.

Ich sagte ihnen, es wäre normalerweise kein Problem. Aber mir ist gerade etwas Peinliches passiert. Die Frauen aber übergingen einfach meinen Einwand. „Ich bin die Anna", sagte eine der Frauen. Sie war sehr hübsch und schlank. Ich hatte für diesen Typ von Frau die Bezeichnung „Schmales Reh" im Kopf. „Und ich bin die Mia", hörte ich hinter mir. „Na und dann hast du jetzt auch noch eine Marie in deinem Auto", kam es von rechts hinten. „So nun erzähl mal, was denn passiert ist?", fragte Anna. Ich traute mich erst nicht. Noch fühlte ich mich mit meinem langen Hemd, das ja eigentlich alles verdeckte, relativ sicher. Dann aber kam eine recht strenge Anweisung: "nun erzähl doch Junge, was ist los?" Es klang, als ob meine Mutter mich zurechtwies.

Ich bekam rote Ohren. Irgendwie fühlte ich mich ertappt, konnte und wollte aber auch nicht lügen. Also erzählte ich, dass diese Flasche Limo geplatzt war und ich nun zwangsläufig, bis auf das Hemd, nackt hier sitze, dass das Ganze mir sehr peinlich wäre und dass sie das doch nicht im Dorf erzählen sollten. Die Augen aller Mädels bewegten sich automatisch in Richtung von meinem Schritt und sie kicherten dabei. Dann sagten alle, sie würden mir nicht glauben, dass ich keine Unterhose anhätte. Anna legte ihre Hand auf mein Knie und fuhr damit den Oberschenkel nach oben. Sie hob mein Hemd hoch und sagte zu den anderen beiden: „Schaut mal, er ist wirklich nackt."

Jetzt schauten alle drei Frauen auf meinen Rudi. Mia hinter mir klagte, sie könne ihn nicht richtig sehen und warum er denn so klein sei und so regungslos da läge. Ich solle ihn in die Hand nehmen und auf meinen Oberschenkel legen, damit sie ihn sich besser ansehen könne. Meinen Rudi wollte sie sehen! Allein schon der Gedanke daran, machte mich an. Wie oft hatte ich davon geträumt, dass eine Frau mal meinen Rudi sehen wollte. Ich war ja nicht ohne Erfahrung. Als ausgebildeter Bäcker gab es hier und da schon mal eine Gelegenheit zum Vögeln.

„Sie wollen ihn sehen!", schoss es mir durch den Kopf. Mein Puls wurde schneller. Mein Rudi füllte sich unaufhaltsam mit Blut. Ich konnte es nicht unterdrücken. Dann war die Beule im Hemd zu sehen. Rudi war wach und wollte gesehen werden. Ich konnte nichts dagegen tun. Das ging ganz automatisch. Er wurde immer größer und steifer. Anna meinte, dass es doch sehr lieb sei und ich ihn ganz zeigen solle. Auch meine Eier wollte sie sehen. „Ein artiger Junge darf doch nichts verbergen", fügte sie hinzu. Da war er wieder, dieser Befehlston, dem ich nicht widerstehen konnte.

Ein Geradeausfahren war kaum noch möglich. Ich bemerkte, dass ich nicht mal mit 30 km/h auf der Landstraße fuhr. Ich spürte meinen Rudi, wie er pulsierte und mich forderte. Normalerweise würde ich ihn jetzt wichsen, dann wäre er ja ganz schnell wieder zufrieden. So aber traute ich mich das nicht. Mia, direkt hinter mir, forderte, dass es nun mal an der Zeit wäre, den prallen Kopf von Rudi freizulegen. Schließlich wollten sie ihn ja ganz genau sehen. Das machte mich noch geiler. Sie wollten ihn also sehen. Mir war heiß und mein Po glühte nicht nur von der Sitzheizung, die ich eingeschaltet hatte, um den Sitz zu trocknen.

Anna berührte ihn ganz zärtlich und sagte, sie übernähme jetzt das Steuer. Alle drei Frauen sahen, wie meine Eichel zum Vorschein kam und langsam wieder verschwand. Ich stöhnte auf. „Nicht das noch", wimmerte ich. „Ich bin doch so erregt, dass ich gleich komme." Anna hatte einen merkwürdigen Glanz in den Augen. „Na, dann fahr da vorne in den Wald, da vor der großen Eiche", wies sie mich an. Ich fuhr etwa 100 Meter in den Wald auf einen Waldweg. Dann dirigiert sie mich nach rechts zwischen zwei Büschen durch, auf eine Waldlichtung. „Du steigst aus, Michael!", wies sie mich zurecht.

Irgendwie bedeckte ich Rudi mit den Händen, aber Anna nahm mich bei der Hand und zog mich zur Motorhaube. „Da lehne dich an", erlaubte sie mir. Marie ging gleich auf die Knie und küsste den Rudi. Mia zog mir das Hemd aus. Jetzt war ich nackt und drei Weiber-Augenpaare starten auf mich. „Umdrehen! Hände auf die Motorhaube!", kommandierte Anna wieder. „Strecke den Arsch weiter raus!" Jetzt sahen sie mein Poloch, meine Kerbe und meinen Sack von hinten. Ich war im Schlaraffenland. Drei Frauen, die mich anschauten, besser gesagt, mich intensiv musterten.

Anna zog meine Pokerbe auseinander. „Ein wenig verschwitzt ist er", war zu hören. Sie nahm aus ihrer Handtasche eine kleine Flasche Wasser und ein Papiertaschentuch und wusch mir, wie bei einem Ritual, den Po. Dann spürte ich ihre Finger auf meiner Rosette kreisen. Mia und Marie gingen links und rechts an mir vorbei. Sie waren nackt, wie ich. Mia legte sich auf die Rückbank und Marie kam von der anderen Seite, legte sich auf sie und begann ihre Votze zu lecken. Ich hatte das noch nie gesehen. Mein Rudi war wild.

Anna schien das zu bemerken. Ich musste mich umdrehen und sie sah ein Tröpfchen auf der Eichel. Sie schimpfte mich aus, leckte den Tropfen aber ab. „Umdrehen, das muss bestraft werden!", meinte sie. Ich spürte einen scharfen Schmerz auf einer Pobacke und dann ebenfalls auf der anderen. Sie hatte mit der flachen Hand zugeschlagen. Mein Rudi aber hatte wieder ein Tröpfchen freigegeben. Mia und Marie kletterten aus dem Wagen und sahen das Tröpfchen. Marie leckte es ab und ich musste mich wieder umdrehen. Sie schlug nicht so fest zu. Bei Mia konnte ich das Tröpfchen auch nicht unterdrücken. Sie leckte es ab. Bevor sie aber mich auch schlug, meinte Anna: "Ein hoffnungsloser Fall, aber ich werde schon mit ihm fertig werden."

Mia und Marie setzten ihr Spiel im Auto fort. „Schön zuschauen, mein Süßer", hörte ich. Allein schon das Wort „Süßer" machte mich an. Ich wurde so geil, wie ich es noch nie erlebt hatte. Ich stützte mich wieder auf der Motorhaube ab und streckte den Po raus. Anna griff mir von hinten durch die Beine und hatte meinen Rudi im festen Griff, ohne die Hand zu bewegen. Meine Eier schaukelten auf ihrem Arm und mit einem Finger verrieb sie etwas Spucke auf meiner Rosette. „So jetzt werden wir dich mal entjungfern!" Sie sprach es und blitzschnell hatte ich einen Finger von ihr im Po. Anna fickte mich sanft, kontrollierte meinen Rudi und immer, wenn er etwas nass war, leckte sie ihn ab. Dann legte sie zu. Mein Arsch wurde richtig heiß.

Ich schaute den beiden Frauen im Auto zu, die sich jetzt wie wild, gegenseitig die Votzen leckten. Anna schien dies' zu bemerken: „Na komm, fick die beiden!" Sie nahm mich bei der Hand und zog mich zur Seitentür. Da sah ich Marie auf Mia liegen. Der Arsch von Marie mit den süßen Löchelchen und die Votze mit kräftigen Schamlippen. Mia saugte sie ein und schien auf den Schamlippen zu kauen. „Na los, steck den Rudi rein!", hörte ich nur. Ich zitterte, aber ich bekam es hin. Ich gelang ganz schnell, ganz leicht rein. Marie war nass und offen. Ich drückte Rudi rein, bis es nicht weiter ging. Dann wollte ich richtig ficken, aber Anna zog mich zurück. „So und jetzt in Mias Mund!", lautete die nächste Anweisung. Mia überstreckte ihren Kopf und nahm Rudi auf und lutschte ihn kräftig ab.

Jetzt musste ich auf die andere Seite vom Auto gehen. Von dort aus fickte ich Mia ein paar Mal. Ihre Votze sah ganz anders aus. Sie besaß ein breites Becken, hatte aber ganz schmale Schamlippen. Ich kam nicht so leicht in sie rein. Sie war wesentlich enger. Anna schien das zu wissen, auch dass ich dadurch zu sehr gereizt werden würde und zu schnell kommen könnte. So durfte ich nur ganz kurz in Mia bleiben. Im Mund von Marie war es wieder ganz anders. Sicher, sie lag auf dem

Bauch. Sicher konnte sie meinen Schwanz so besser aufnehmen. Sie aber zog mich regelrecht in sich rein. Ich spürte, wie es eng wurde und Rudi in ihrem Hals regelrecht eingeklemmt war.

Votze ficken, ablecken, blasen, lutschen, Hals ficken. Mir schwirrte der Kopf. Anna führte Regie. Sie spürte, wenn ich verunsichert war und mich nicht zurechtfand. Sie geleitete mich durch das Geschehen. Diese Weiber benutzten mich, diese Weiber wollten mich haben. Diese Weiber hatten nur ihren Sex im Kopf. Sie wollten Abwechslung. Sie wollten sich an meiner Unsicherheit laben. Anna war der ruhende Pol dabei. Ich kannte mich so nicht. Ich vertraute ihr. Ich hätte ihr auch aus der Hand gefressen, wenn sie es denn von mir verlangte. Ich wollte sie ficken, aber ich traute mich nicht, sie das zu fragen. Ich war geil und spitz. Zum Orgasmus bereit, wenn nicht schon über die Zeit hinaus. Ich hatte keine Ahnung, wie lange ich das aushalten konnte. Ich vertraute Anna. Sie brachte mir bei, geil zu sein, lange den Schwanz stehen zu lassen und Frauen damit zu begeistern.

Dann riss Anna mich aus meinen Gedanken: „Komm jetzt! Stell dich ans Auto und mach die Beine breit!" Mit einer Hand fasste sie meine Eier und ließ sie leicht durch ihre Hand gleiten. Mit der anderen Hand zog sie mir die Vorhaut zurück und begann, mich sanft zu wichsen. Ich ahnte, dass ich spritzen sollte. Jetzt war die Zeit gekommen. Endlich die Erlösung. Anna wäre nicht Anna, wenn sie jetzt nicht ruhig und langsam, mir ein wahres

Vergnügen bereitete. Langsam baute sie mich auf. Ich verstand, dass Frauen dafür ein besonderes Gespür haben. Und dass Frauen fast jeden Mann zum Orgasmus bringen können, wenn er ihnen sympathisch ist. Frauen wissen genau, wie sie Männer bändigen.

Anna schaute mir tief in die Augen. Sie nahm jede Regung von mir auf. Mia und Marie standen jetzt rechts und links und schauten mir zu. Sie waren alle nackt und schauten meinen Rudi an. Ich war selig, ich schwebte im geilen Nebel. „Komm Süßer, lass ihn frei", raunte sie. Allein schon diese Worte katapultierten mich in ein Eldorado der Gefühle. Meine Harnröhre schwoll an, als der Samen durch ihr hindurch schoss. Anna hatte ihren Mund auf und schloss sofort die Lippen. Ich wand mich, doch sie hielt mich eisern mit ihren Lippen fest, bis ich mich vollständig entleert hatte. Meine Augen waren geschlossen. Ich merkte Mia erst, als sie auch an Rudi saugte, um doch noch was abzubekommen.

Anna aber küsste Marie und schob ihr etwas Samen von mir in den Mund. Dann bekam Mia noch eine Portion. Sie küssten sich dann ausgelassen wie Kinder, die eine Eroberung gemacht hatten. Immer wieder ließen sie etwas Samen auf die Brüste laufen und leckten es wieder ab, schluckten es aber nicht runter. Immer wieder nahmen sie, ihre so gereizten Nippel in den Mund und verschafften sich wohlig schauernde Gefühle. Mia drehte sich um, den Po hochgestreckt, ließ Marie etwas von meinem Samen auf ihre Votze tropfen und leckte es wieder ab. Das ging dann reihum, bis jede mehrmals ausgeschleckt war und sie hatten ihren Spaß dabei. Sie waren ausgelassen, veranstalteten dabei fast einen Freudentanz, bei dem sie mich schon fast vergessen hatten. So jedenfalls kam ich mir in diesem Moment vor.

Dann aber kam Anna auf mich zu. Sie sah mir wieder so merkwürdig in die Augen. Sie küsste mich, erst vorsichtig, dann fester. Ich konnte mich schmecken, meinen Samen. Dann legte sie meine Hand auf ihren Po und ich stellte ein Bein aus. Jetzt rieb sie sich ihre Votze auf meinem Oberschenkel. „Schlag zu!", bettelte sie. Ich tat es, aber das war ihr noch nicht genug. Mia und Marie kamen zu uns. „Fass mich fest an der Brust. So fest du kannst!", sagte Anna und ergänzte: „Schlägst du mich, Mia?" Dann schlug Mia Anna heftig auf den Po. Viel stärker als ich es tat. Die Küsse von Anna wurden sofort intensiver und wilder. Ihr Becken schien auf meinem Knie bis zur Hüfte und zurück zu wandern. Meine Hand schmerzte schon vom Drücken ihrer Brust.

Mia hatte jetzt ihre Finger in ihrer Votze. Sie fingerte sich heftig. Die Situation machte sie geil. Geiler wohl, als alles, was wir schon gemacht hatten. Marie schlug jetzt Anna heftig auf den Po. Ich war ihr dankbar dafür. Ich hätte es so heftig nicht gekonnt. Anna aber steigerte sich mehr und mehr in ihrer Geilheit. Sie war jetzt völlig in sich gekehrt. Ich bezweifele, dass sie die Schläge von Marie oder mein heftiges Drücken wahrnahm. Dann drückte ich noch mehr zu, was mit einem heftigen Stöhnen quittiert wurde. Ihr Mund war jetzt offener. Sie küsste kaum noch. Dafür rieb sie sich noch heftiger. Es waren nur Kehllaute, die sie ausstieß.

Mia und Marie waren ganz dicht bei uns. Mia schlug Anna immer wieder auf den Po. Marie griff in die andere Brust und drückte kräftig die Nippel. Die Frauen wechselten sich ab. Es schien, als ob Anna gar nicht mehr atmete. Doch dann kam dieser Urschrei. Sie wurde einen Moment ganz starr, dann sackte sie in die Knie und konnte sich nicht mehr halten. Marie schien dies gewusst zu haben und hielt sie fest. Sie wäre wohl, einer Ohnmacht nahe, beinahe umgefallen. Jetzt hockte sie zwischen uns, stierte nach vorne und atmete heftig. Immer wieder aber bewegte sie ihr Becken. Der Orgasmus wirkte nach. Sie genoss es sichtlich, zwischen uns zu sein und uns miterleben zu lassen, wie sie gekommen war.

Dann sah sie meinen kleinen Rudi vor sich baumeln, den sie zärtlich küsste, um sich dann langsam aufzurichten. Sie sah mir fest in die Augen, als ob sie etwas suchte. „Was bist du für ein Kerl. Ich konnte mich bei dir ganz fallen lassen, Micha", flüsterte sie. Gleichzeitig suchte sie wieder meinen Oberschenkel, um sich noch mal fest an mich zu drücken. Ihre Augen fixierten und verzauberten mich. Was wollte sie mir sagen? Dann aber wurde es nass an meinem Bein. „Du gehörst mir. Ich will dich haben, ich habe dich jetzt mit meiner Pisse markiert." Sie sagte es und küsste mich wild.

„Michael gehört uns", protestierte Mia und Marie meinte: „So ein Juwel darf doch nicht einer allein gehören!"

Traumhaft geil, meine Gesellenprüfung Teil II

Der Tag war zu kurz für mich zum Schlafen. Ich fand keine Ruhe. Zu sehr hatten mich die Erlebnisse aufgewühlt. Zum ersten Mal in meinem Leben bekam ich die Möglichkeit, zusammen mit drei Frauen Sex zu haben. Diese Frauen geilten sich auch untereinander selber auf. Ich musste eigentlich gar nichts aktiv dazutun. Beim ersten Treffen wurde mir im Arsch gefingert und ich hatte in einen Frauenhals gefickt. Eine Frau hatte gekonnt meinen Orgasmus lange hinausgezögert und ich durfte nichts dabei tun. Und die Liste war ja noch viel länger.

Immer wieder spürte ich meinen Rudi, wenn ich nur daran dachte, dass die Frauen meinen Arsch sehen wollten und ihn ausgiebig betrachteten. Nicht nur das, sie hatten meine Rosette befühlt und mir Lust verschafft, abgesehen davon, dass Anna mich mit einem Finger in den Arsch gefickt hatte. Und dann haben sie mir einfach gesagt, was ich zu tun habe. Ich sollte sie heute Nacht zur Arbeit mitnehmen. Also Treffpunkt um 1:30 Uhr an der Kirche, da wo sie auch ausgestiegen waren. Und das hatte ich nun jeden Tag zu tun.

Alle drei Frauen warteten also an der Kirche auf mich. Anna und Mia hatten größere Taschen dabei. Anna hatte Handtücher darin und Mia ein Sechserpack Wasserflaschen. Also musste ich den Kofferraum aufmachen. Damit hatte ich nicht gerechnet. Das war ja nun nicht so einfach, weil ich mir gedacht hatte, es wäre eine gute Idee, wieder ohne Hosen, auf einem Handtuch sitzend, zu fahren. Die Frauen quietschten vergnügt, als sie sahen, dass ich untenrum nackt war. Die Überraschung war mir also auch so gelungen.

Als ich losfuhr, saß diesmal Mia auf dem Beifahrersitz. Ihre Hand ging sofort an mein Glockenspiel. Sie ließ meine Eier so geschickt durch ihre Hände gleiten, dass Rudi erwachte. Es schien so, als ob er darauf gewartet hatte. Mia legte ihren Sicherheitsgurt ab und fing an, meinen Rudi zu blasen. Autofahren und zeitgleich einen geblasen zu bekommen, ist richtig gemein. Abgesehen von der fehlenden Konzentration, musste ich mich zwingen, meinen Blick auf die Straße zu richten und mich nicht meinen Gefühlen hinzugeben. Ich danke Mia im Nachhinein, dass sie es sehr intensiv und schnell machte. Sie versuchte aber, meinen Rudi weiter in den Hals zu bekommen und musste ständig husten. „Das mit dem Hals kriege ich auch noch hin!", sagte sie. Aber da war ich schon am Spritzen, was sie mächtig überraschte. „Der ist ja richtig explosiv!", kommentierte sie mein Kommen.
Ja, wie sollte es anders sein. Mia küsste Anna, was so im Drehen über die Sitzlehne schwierig war. Anna küsste dann Marie und alle drei Frauen gaben keinen Laut mehr von sich. Als sie meinen Samen dann geschluckt hatten, war es vorbei mit der Stille. Sie begannen eine muntere Plauderei. „So müsste ein Tag immer anfangen", war zu hören, oder: „Das ist die richtige Stärkung am frühen Morgen." Sie geilten sich gegenseitig auf. Sie posierten mit ihren Brüsten und gingen

sich zwischen die Beine. Erst jetzt konnte ich sehen, dass Mia den Rock hochgeschoben hatte und dabei war, sich selbst zu fingern. Ich konnte kaum noch geradeausfahren. Sie stöhnten dabei, als wollten sie sich gegenseitig übertreffen. Jede der Frauen hatte so ihre eigene Technik, sich zu befriedigen.

Mia, die neben mir saß, strich mit dem Mittelfinger durch ihre Schamlippen, um dann auch ihre Klitoris damit zu reizen. Sie steckte anschließend zwei Finger in ihre Grotte und stimulierte sich, indem sie ihre Finger krallenartig vor und zurück bewegte. Anna hatte derweil ihre Finger auch auf ihrer Klitoris. Ich konnte im Rückspiegel sehen, dass sie mit drei Fingern darauf kreiste. Ihre Bewegungen wurden immer heftiger. Und Marie? Sie hatte einen Dildo aus der Handtasche genommen, der schon vor sich hinsummte. Diesen Dildo führte sie sich sogleich ein. Alle drei Frauen hatten jetzt die Augen geschlossen und den Kopf nach hinten auf die Kopfstützen gelegt. Eine nach der anderen kam, mit mehr oder weniger Stöhnen, zum Orgasmus. Sie stiegen dann aus, nachdem ich angehalten hatte, ohne ein Wort zu wechseln. Nur Anna wies mich darauf hin, dass wir uns nach Feierabend hier wieder treffen.

Die Gedanken an die Rückfahrt gestern, die Hinfahrt heute, das Fahren unten ohne, sich zu befriedigen oder eben geblasen zu werden, erschwerten mir die volle Konzentration auf die Arbeit. Beinahe hätte ich eine ganze Charge versaut, wenn dem Chef nicht aufgefallen wäre, dass ich das falsche Mehl aus dem Lager geholt hatte. Also nochmal ins Lager und das richtige Mehl auf die Sackkarre geladen. Als ich das Lager verlassen wollte, stand Marie in der Tür. Sie hatte den Moment genutzt, mich abzupassen. Sie drängte mich zurück und verschloss die Tür von innen. Ehe ich mich versah, war sie an meiner Hose und befreite meinen Rudi. Einfach so überfallen zu werden, war für mich äußerst reizvoll.

Als ich mich aber bücken sollte und sie meinen Arsch ansehen wollte, war ich schon ein wenig sprachlos. Mit ihrem Finger stimulierte sie mich und Rudi stand sofort stramm. Jetzt drehte sie sich um, ihr Rock flog nach oben und ihr süßer Po kam zum Vorschein. Rudi war ganz schnell in der feuchten Votze drin, die aber gestern erheblich nasser war. Dennoch, so reizte sie Rudi noch mehr. Ich hielt Marie an den Hüften fest und stieß in sie rein. Meine Eier klatschten auf ihre Schenkel und ich wurde dadurch noch geiler. Marie spornte mich noch mehr an: "Reiß mir die Votze auf und mach mich kaputt!" Nie hätte ich gedacht, dass so etwas bei mir wirkt. Blind vor Geilheit rammte ich Rudi in sie rein. War dann aber auch selber überrascht, dass Rudi ganz schnell seinen Samen in sie rein schoss.

Ich war jetzt noch mehr verwirrt. Mit Mühe kam ich durch die Morgenstunden. Als es dann hell war, sehnte ich mich nach Schlaf. Aber die Backöfen liefen ja noch. Nachdem die letzten Chargen auf den Regalwagen lagen und etwas abgekühlt waren, schob ich sie weiter zum Kommissionieren. Die ersten Lieferungen hatten das Haus ja schon verlassen. Jetzt kamen bereits die Nachbestellungen und Spätlieferungen für die Supermärkte, die ja erst um 9 Uhr aufmachten. Die letzten 2 Stunden waren dazu gedacht, Vorbereitungen und Ansetzen von Mischungen für den kommenden Tag vorzubereiten. Beim Reinigen und Ausfegen der Öfen dachte ich schon nicht mehr an die Frauen.

Erst zum Feierabend überlegte ich, wie ich es machen sollte, mit Hosen oder ohne Hosen. Ich konnte ja kaum ohne Hosen zum Parkplatz laufen. Also wartete ich erst mal ab, was sich so ergeben würde. Die Frauen erwarteten mich bereits: „Auch der Transport der geilen Weiber zur Waldlichtung muss pünktlich sein!", war von ihnen zu hören. Für mich war es ein klares Signal: „Hosen aus!" Anna meinte nur: „Du lernst schnell Michael, das liebe ich so an dir, wir alle wollen dich. Warum, das wissen wir auch nicht. Aber wir müssen alle zwanghaft uns deinen Po ansehen." Ich schluckte. Anna hatte es genau gespürt. Sie hatte mich schnell durchschaut und wusste genau, wie ich darauf reagieren würde. „Schau mal auf Rudi", sagte sie zu Marie, die jetzt neben mir saß. Ohne Hemmung hob sie mein Hemd und beurteilte das, was sie da sah mit "aufsteigende Tendenzen".

Ich war zum Spielball der Frauen geworden. Auf dem Waldweg wurde mir klar, dass ich alles für sie machen würde, wenn sie es denn von mir forderten. Ich verstand mich nicht mehr. Aber ein „Nein" war im Moment nicht in meinen Vokabular. Eher war ich neugierig und aufmerksam, was sie mir zu sagen hatten. Wie ein Hund, der auf seine Befehle wartete, um dann ein Leckerli dafür zu bekommen, wenn er artig ist und es richtig macht. Die Frauen besaßen alle Macht über mich.

Anne und Mia holten die Taschen aus dem Kofferraum. Sie nahmen eine große Decke aus einer der Taschen. Diese Decke, aus einem modernen, wasserfesten und robusten Stoff gefertigt, breiteten sie auf der Wiese aus. Die Handtücher legten sie auf das Autodach und die Wasserflaschen standen griffbereit am Hinterrad. Anna führte wieder die Regie. Sie wies mich an, mich auszuziehen. Die Frauen zogen sich auch aus. „Los, bücken!", befahl sie mir. Mia reichte ihr eine Flasche Wasser und mein Arsch wurde, genauso wie gestern, zuerst gewaschen. „Ich will auch mal!", sagte Mia und leckte erst mal meine Rosette. Rudi dankte es ihr und erwachte unweigerlich aus seinem Dornröschenschlaf.

„Jetzt bist du dran Michael", sagte Anna und reichte mir die Flaschen und das Handtuch. Die Frauen hockten sich in Doggystellung und ich musste ihnen die Ärsche waschen. Musste? Ich gierte förmlich danach. Es war einfach umwerfend geil. Jedes Arschloch wurde von mir ausgiebig befühlt und gerieben und in jede Votze tauchten meine Finger ein, während ich immer eine wenig Wasser auf das Poloch goss. Die großen Schamlippen von Marie fühlten sich weicher an und reichten auch mehr in die Votze rein und die schmalen Schamlippen von Mia bewegten sich kaum. Anna hatte eine ganz andere Votze. Ihre war ganz offen, viel breiter, direkt zum rein stechen.

Dann kam mir die Idee. Ich trocknete sie nicht ab, sondern leckte sie von unten nach oben, also von der Klitoris über dem Damm bis zum Arschlöchelchen, ab. Dabei spielte meine

Zunge mal zwischen den Schamlippen vor dem Lusteingang oder direkt am Poloch. Immerhin, wenn ich zur nächsten wechselte, begannen die Frauen sich zu fingern. Sie geilten sich auf und ich nahm jetzt meine Finger zu Hilfe. Zwei Finger in der Votze und zwei Finger im Po. Anna und Marie waren begeistert und stöhnten heftig. Mia aber zuckte förmlich zusammen. Zwei Finger im Po waren ihr unangenehm. So machte ich bei ihr nur mit einem Finger weiter. Das aber genoss sie mit großer Lust und stemmte sich heftig dagegen.

Anna meinte, sie habe erst mal genug und stand auf. Aus dem Kofferraum holte sie sich einen Beutel, aus dem sie einen Dildo hervor holte. Ich war erstaunt. Mit welcher Vorstellung, mit welchem Willen kamen die Frauen hierher? Was trieb sie an, hier mit mir Spaß haben zu wollen, zu ficken und sich aufzugeilen? Anna nahm diesen monströsen Dildo und machte ihn am Auto fest. Ich hatte das noch nie gesehen und mit seiner Größe konnte mein Rudi nicht mithalten. Dieser Dildo hatte einen Saugnapf zum Festsaugen an glatte Flächen. Marie hatte ebenfalls zugeschaut. Anna hielt ihr mit einer fragenden Geste den Beutel hin. Marie nahm ihn, lachte und holte noch zwei Dildos raus. Einen davon machte sie neben Anna am Auto fest.

Mia war geschafft, der Po tat ihr weh. Zwei Tränen kullerten über ihre Wangen. Ich küsste sie weg und sie kuschelte sich sofort an mich. Dann schauten wir Anna und Marie zu. Beide hatten den Dildo jetzt in ihrer Votze und stimmten ihre Bewegungen aufeinander ab. Sie legten die Arme jeweils um

136

den Rücken des anderen und bewegten sich gleichmäßig nach vorne und dann wieder nach hinten auf das Auto zu. Die Frauen verharrten immer einen Moment, wenn der Dildo tief in ihnen war. Marie wurde immer lauter. Immer schneller rammte sie sich diesen Lustprügel, der mich schon fast an eine Gurke erinnerte, in sich rein. Dann wurde sie still, kippte das Becken und klammerte sich ganz fest an Anna. Als sie sich dann aufrichtete, warf sie einen triumphierenden Blick zu Mia und mir, als ob sie sagen wollte, dass sie nun die Erste war, die gekommen war.

Es war schon eine besondere Situation, das wurde noch klarer, als Anna sich vor Marie stellte. Ihr Dildo ragte so ungenutzt in die Luft. Sie hob das Bein und drückte ihre Votze auf den Oberschenkel von Marie. Sie verstand, was Anna wollte, nahm ihre Nippel zwischen die Finger und zwirbelte sie kräftig. Anna zuckte zusammen und stöhnte. Aber dann schlug Marie auf den Po. Nun beides geht ja nicht, die Nippel drücken und auf den Po schlagen. Deswegen stand Mia auf, zog mich mit und ihre Hand landete klatschen auf dem Po von Anna. „Jetzt du!", befahl sie mir. Sie kümmerte sich zusätzlich um Anna's Nippel. Wir schlugen Anna anschließend abwechselnd. Ihr Po war sofort rot und meine Hand tat mir weh. „Los ihr Schlappschwänze, schlagt doch endlich richtig zu!", beschimpfte sie uns. Und mit jedem Schlag kam sie einem Orgasmus näher.

Anna schien einzuknicken. Marie konnte sie nicht halten. Ich versuchte noch sie zu greifen, aber da hockte sie schon auf dem Boden. Mia, Marie und ich bildeten einen Kreis um Anna. Wir legten die Arme um uns und Anna murmelte nur: "Einen Moment, es geht gleich wieder." Ich war verwundert. Kann man denn einen Orgasmus haben, wenn man geschlagen wird? Ich wagte aber nicht, es anzusprechen. Es schien ja so zu sein. Anna nahm den Kopf hoch und schaute direkt auf meinen Rudi. Den ließ sie so einfach über ihr Gesicht gleiten, küsste ihn ohne ihn mit der Hand zu berühren. Sie schnaufte noch mal kräftig durch und stand auf. Dann sagte sie zu Marie: "Danke Marie, glaub mir es war schön für mich." Sie küsste sie und küsste auch Mia. Als sie sich zu mir wandte, sah ich, dass ihre Augen voller Tränen waren. Und wieder war da dieser fragende Blick, als ob sie sagen wollte:" Michael, wer bist du, dass wir uns so fallen lassen können?"

Wir saßen anschließend auf dieser großen Decke. Mia spielte mit Rudi und ich machte mir schon Sorgen, ob ich denn nochmal kommen könnte. Als Mia den Rudi wieder aufgerichtet hatte, gab sie mir einen Schubs und ich fiel auf den Rücken. Mia sprang auf und ehe ich mich versah, senkte sie sich über mir ab und Rudi verschwand ganz in ihr. Mia war nass, sie tropfte. Alles Bisherige hatte wohl sehr stark auf sie eingewirkt. Sie fickte mich irgendwie anders. Sie kippte nur ihr Becken und ich sah, wie sich ihr Bauch wölbte, wie sich Rudi in ihr bewegte. Dennoch irgendetwas schien in ihrem Kopf vorzugehen. Sie war nicht bei der Sache. Anna und Marie schauten sie fragend an und ich zuckte nur mit den Schultern. Was war denn?

Dann ging ein entschiedener Ruck durch Mia. Rudi stand im Freien, sie griff ihn sich und setzte ihn auf ihre Rosette. Rudi war nass und sie ließ die Eichel kreisen, um die Rosette richtig nass zu machen. Zwischen Votze und Poloch ging es ein paar Mal hin und her, bis sie zufrieden war. Ich spürte jetzt den Druck auf Rudi. Nur mühsam zwängte sich meine Eichel in ihren engen Po. Ich hielt die Luft an. Angenehm war es nicht. Dann aber steckte die Eichel im Durchgang. Mia zitterte, Rudi kam wieder raus, um im nächsten Moment wieder rein zu kommen. Es mögen nur einige Millimeter gewesen sein, die mein Rudi vorankam. Mia liefen Tränen über die Wangen und Anna und Marie hatten aufgehört ihre Votzen zu fingern.

Dann war Rudi in Mia. Mit jeder Bewegung ging es deutlich tiefer. Es war, als ob Rudi durch einen engen Ring hindurch musste. Aber mit der Zeit wurde das Gefühl angenehmer. So fest jedenfalls hatte ich Rudi beim Wichsen noch nie im Griff gehabt. Mia wurde jetzt entspannter. Sie hatte ihn bis zu den Eiern in sich aufgenommen. Ich legte die Beine übereinander und spannte die Muskeln an. Ich spürte ihre Pobacken an meinen Eiern. Mia lachte nur und warf mir einen Kussmund zu. Sie griff an ihre Votze, neigte sich eine wenig vor. Dabei fingerte sie sich heftig und wippte mit dem Arsch auf und ab. Rudi bekam seine Wohlfühlmassage, wohl die Beste und härteste, die er je bekommen hatte. Er bedankte sich aber auch anständig dafür. Als er zuckte und Mia den Arsch vollmachte, setzte sie sich nochmal entspannt auf mich. Sie spreizte ihre Beine weit. Ihre Finger glitten zwischen ihren schmalen Schamlippen rein und raus. Es war ein geiler Anblick, den ich nie vergessen habe. Dann kam sie heftig, jedenfalls spürte Rudi ihr Zucken in ihrem Arsch.

Traumhaft geil, meine Gesellenprüfung Teil III

Ich kam nicht zur Ruhe. Was läuft da eigentlich zwischen den drei Frauen und mir ab? Wieso war Anna so verändert, so wild und geil und riss Mia und Marie mit? Mir war schon klar, dass ich darauf keine Antwort finden konnte. Wieso fragte mich Anna immer: "Wer bist du, Michael?" Warum stellte sie mir immer wieder diese seltsame Frage? Mia konnte sich in meinen Armen immer so richtig fallen lassen. Marie dagegen schien alles ein wenig leichter, wenn nicht sogar oberflächlicher, zu sehen.

Das Nackt fahren im Auto war für mich, eine geile Sache. Vor den Frauen nackt zu sein, ja sogar nackt sein zu müssen, weil sie meinen Rudi oder meinen Arsch sehen wollten, war das Schönste, was ich mir vorstellen konnte. Und nun war es Wirklichkeit geworden. Anna, Mia und Marie wollten es so haben. Ja, sie hatten mich dazu aufgefordert. Es war fast so, wie ich mir das immer vorgestellt hatte. Sie befahlen mir, mich zu bücken und befummelten mich ausgiebig. Bei diesem Gedanken war es jetzt wieder soweit. Rudi hatte sich gemeldet und wollte gemolken werden. Also tat ich ihm den Gefallen. Aber ich machte es mir sehr langsam und stellte mir vor, Anna, Mia und Marie kauten nacheinander genüsslich meine Eichel. Danach schlief ich endlich ein.

Bis zur nächtlichen Abfahrt zur Bäckerei langweilte ich mich ein wenig. Ich legte mir ein Handtuch und auch noch eine frische Unterhose zurecht. Man konnte ja nie wissen, was noch so passieren würde. Am Treffpunkt standen, wie vereinbart, die drei Frauen und unterhielten sich intensiv. „Ja genau, das machen wir so!", schnappte ich noch auf. Anna kam zu mir auf die Fahrerseite und forderte mich auf, auszusteigen. Ich war total geschockt. Ich saß nackt auf dem Handtuch und konnte doch so nicht aussteigen. Als ich das zu Anna sagte, meinte Mia: „Das wollen wir ja gerade prüfen!" Es half alles nichts. Ich stellte mich vor die Fahrertür. Gott sei Dank, es war dunkel. Jede der drei geilen Frauen ging mir durch die Pokerbe, schaukelte mir die Eier und fasste meinen Rudi fest an. Dann durfte ich wieder einsteigen. Rudi nahm das nicht so ohne Weiteres hin und regte sich natürlich.

Anna saß neben mir und hatte schon beim Anfahren ihre Hand um Rudi gelegt. Dann schob sie ihre Jeans so weit runter, dass sie die Knie weit auseinander machen konnte und steckte sich zwei Finger in ihre Votze. Hinter mir wurde es noch unruhiger, da Mia und Marie ihre Jeans nun gänzlich auszogen. Was hatten die Frauen geplant? Anna wichste meinen Rudi und ich musste wieder sehr konzentriert und langsam fahren. Ihre Finger in der Votze und das Wichsen meines Rudi's, führte sie im Gleichtakt durch. Sie unterbrach plötzlich und ich bekam ihre Finger in den Mund. Ich war überrascht, aber ich schleckte sie artig ab. Kaum war ich fertig, hatte ich auch Mia´s Finger im

Mund und dann ebenfalls Marie's Finger. Das hatten die Drei perfekt geplant.

Anna war jetzt heftig mit zwei Fingern in ihrer Votze am ficken. Hinter mir hatten Mia und Marie sich so positioniert, dass sie es sich gegenseitig machen konnten. Sie hatten, ohne dass ich es bemerkt hatte, ihre Jeans und Slips vollständig ausgezogen. Marie war mächtig am Stöhnen. Mia setzte ihr heftig zu und wusste genau, was sie brauchte. „Ich komme gleich!", sagte Anna. „Ich auch!", hörte ich Marie. „Wartet auf mich!", warf Mia ein und begann sich heftiger zu fingern. Anna wichste mich wieder stärker. Dann stöhnte Marie mächtig auf, dann Mia und zuletzt Anna.

Anna wollte mich nicht zu kurz kommen lassen und machte sich kurzentschlossen über Rudi her. Der dankte es ihr und machte sich mächtig steif. Wir hatten gerade den Parkplatz erreicht und ich konnte soeben noch die Handbremse anziehen, als Rudi sich nicht mehr bändigen ließ und munter vor sich her spuckte. Anna konnte gerade noch ihre Hand wegziehen. Alle Frauen waren jetzt damit beschäftigt, schnell in ihre Jeans zu kommen. Ich war nass und sprachlos. „Wie geht's jetzt weiter?", fragte ich in die Runde. „Na, dann musst du es eben selbst aufschlecken", meinte Anna. Es klang ziemlich nach Schadenfreude. Dann öffneten die Frauen die Türen, stiegen aus und ließen mich alleine im Auto sitzen.

Ich nahm ein Papiertaschentuch und trocknete mich halbwegs damit. Mühsam zog ich meine Jeans an und ging in die Bäckerei. Wir waren noch früh dran. Der Arbeitsverlauf war also nicht hektisch. So kam ich auf die Idee, Rudi aus der Jeans zu befreien. Mit der Zeit störte zwar der Reißverschluss, aber die Geilheit überflutete mich. Die Schürze, die ja alles verdeckte, rieb und reizte so meinen Rudi. So war ich, bis zum Rausholen der Backwaren aus den Öfen, immer schön geil drauf. Dann aber, bei den geöffneten Ofentüren, verließ Rudi seine Lust, weil die Hitze einfach zu groß für ihn war. Dennoch, es war wie ein Rausch.

Zur Pause traf ich Anna, Mia und Marie im Aufenthaltsraum. Ich wollte mir etwas zu trinken holen, aber die drei stellten sich mir in den Weg, griffen mir in den Schritt und mischten Rudi mächtig auf. Ich kam nicht zur Ruhe, weil alle drei Frauen ihr Spiel mit mir spielten. „Wehe du lässt ihn kommen!", meinte Marie. „Er wird heute nach Feierabend noch gebraucht. Diese Weiber machten mich völlig kirre. Aber mit der Aussicht, heute wieder zu ficken, beruhigte ich mich und machte mir schon Gedanken, was die Frauen wohl planten und wie sie es wohl gerne hätten. So eine offen zur Schau gestellte Geilheit, wie von diesen drei Frauen, hatte ich mir immer erträumt. Ich konnte es wirklich nicht fassen. Und als ich wieder daran dachte, dass sie bestimmt meinen Arsch sehen wollten, konnte sich Rudi wieder nicht zurückhalten. Es kostete mich Überwindung, seinem Wunsch nicht nachzukommen.

Rudi stand schon stramm als Mia neben mir im Auto Platz nahm. Natürlich war ich wie immer nackt unter dem Hemd. Sie schaute sofort nach Rudi, um dann allen zu verkünden, dass Rudi schon bereit sei. „Na dann schnell zu unserem Parkplatz", riefen die anderen beiden sofort. Die Fahrt dorthin dauerte nur wenige Minuten. Die Zeit nutzten die Frauen, um sich auszuziehen. Als ich in den Waldweg einbog, fielen auch die Tops und BH´s. Als ich anhielt, saßen sie allesamt nackt, wie Gott sie schuf, im Auto. Schnell stiegen sie aus und legten die Decke bereit.

Dann hockten sich alle drei in Doggystellung darauf. Als Anna merkte, dass Rudi noch nicht in Höchstform war, stand sie wieder auf. Ich musste mich bücken. Und im Nu hatte ich ihren Daumen im Po. Gleichzeitig griff sie mit der Hand an meine Eier und umklammerte sie mit den Fingern. „Na, da wollen wir mal den Turbo einlegen", sagte sie und begann Rudi mit der anderen Hand zu wichsen. Sie führte mich an Marie heran, öffnete deren kräftigen Schamlippen und setzte Rudi in Position. „Nun los!", war zu hören und ich musste Marie ficken. Anna jauchzte vor Freude: "Einen Mann so am Arsch zu halten, ist ja ein richtiger Genuss". Zur Bestätigung krallte sie ihren Daumen bei jedem Stoß kräftig rein. Sie steuerte mich mit ihren Fingern und dem Daumen. Nur wenn sie mir die Eier drückte, durfte ich zustoßen.

Nach Marie kam Mia dran. Ich zwängte mich zwischen ihren schmalen Schamlippen hindurch in ihre Votze und hatte ihren wuchtigen Arsch vor mir. Als ob sie meine Gedanken lesen konnte, meinte Anna: "bloß jetzt nicht kommen, wir wollen doch noch mehr von dir haben!" Ich verstand sie schon, aber würde Rudi das auch so wollen? Nun kniete Marie vor mir und ich musste sie in den Mund ficken. Sie war darin erfahren und wollte Rudi tief in ihrem Hals spüren. Rudi genoss es sehr. Es war eng. Einen Stoß mehr und Rudi wäre gekommen. Ich ließ von Marie ab und wendete mich wieder Mia zu. Sie tat sich schwer, wollte wohl aber Marie in nichts nachstehen. Ihre Augen quollen hervor. Ihr Gesicht wurde rot. Sie konnte aber dem Würgereiz noch widerstehen. Tapfer stand sie das durch und lächelte mich dann an, als ich mich zurückzog.

Jetzt war Marie wieder dran. Meine Augen aber waren noch bei Mia, die heftig atmete. Ich verlor jegliche Kontrolle. Rudi wollte sein Recht und spritzte ab. Marie war genauso überrascht, wie ich es war. Aber ich war froh, nicht mehr zurückhalten zu müssen. Es war einfach wundervoll, in einen so erfahrenen Mund zu spritzen. Nein, da ging nichts verloren. Marie schluckte nicht, sondern sie behielt alles im Mund. Mia stürzte sich regelrecht auf Marie, um sich etwas von meinem Samen zu holen. Erst jetzt reagierte Anna. Sie hatte mit ihrem Daumen gespürt, wie ich kam und war über die heftige Muskelanspannung erstaunt.

Anna stürzte sich jetzt auch auf Marie. Ja, sie drängte Mia regelrecht beiseite und holte sich auch ihren Anteil. Immer wieder ging der Samen zwischen Marie und Anna hin und her.

Mia saß jetzt ein wenig allein und vernachlässigt da. Sie tat mir fast leid. Ich beugte mich zu ihr runter und küsste sie auf den Mund. So schmeckte ich mich selber. Marie und Anna gingen dazu über, sich gegenseitig die Votzen zu lecken. Es war wie im Rausch. Wir alle waren geil aufeinander. Mia schubste mich auf den Rücken und senkte ihren Hintern auf mein Gesicht. Die schmalen Schamlippen und die süße Rosette kamen immer näher, bis der ausladende Arsch mir jegliche Sicht nahm. Ich versuchte Mia zu lecken, aber das war aussichtslos.

Sie saß direkt auf meinem Gesicht und drückte ihre Rosette und ihre Votze hinein. Meine Nase steckte in ihrem Po, dann wieder in ihrer Votze. Ihre Bewegungen wurden immer hektischer. Ich legte meinen Kopf weiter in den Nacken und bot ihr dazu mein Kinn an. Sie rieb ihre Klitoris daran. Dann wieder ihre Schamlippen, denn eindringen in ihre Votze ging ja nicht. Mein Gesicht war nass. Mia schmeckte gut. Immer wieder versuchte ich, sie zu lecken. Sie spürte meine Zunge und ermöglichte es mir, in ihre Votze einzudringen. Aber nach wenigen Sekunden zog sie mit ihrem Arsch schon wieder über mein Gesicht. Dann war meine Nase wieder in ihrer Votze. Ich konnte nicht atmen. Sie drückte mich mit ihrem ganzen Gewicht runter. Dann spürte ich dieses Zucken in ihr. Ich schmeckte ihren Votzensaft, der jetzt über meine Wangen lief.

Das Ganze ging auch an Rudi nicht spurlos vorbei. Immerhin war er nicht bereit, sich zur Ruhe zu legen. Mia sah das natürlich. Einerseits entspannte sie sich auf mir und gab mir

Raum zum Atmen, andererseits küsste sie Rudi. Aus dem Küssen wurde dann ein Lecken. Aus dem Lecken wurde ein Lutschen. Je strammer Rudi wurde, desto wilder ging Mia mit ihm um. Jetzt hatte sie ihn für sich alleine. Er schien sie anzustacheln, es noch wilder zu machen. Ihr Kopf begann, sich auf und abzusenken. Sie fickte Rudi, der es ihr dankte und immer härter wurde. Ihre Bewegungen wurden länger, bis sich Rudi ganz in ihrem Hals befand. Ein paar Mal durfte Rudi zustoßen, dann musste Mia Luft holen, um weitermachen zu können.

Ich hatte ihre Votze dicht vor meinen Augen. Die inneren Schamlippen waren hart und dunkelrot. Ich zog sie zu mir runter und meine Zunge strich zwischen ihnen durch. Mit der Zungenspitze ertastete ich ihre Klitoris, saugte sie ein und liebkoste sie zwischen meinen Lippen. Wie auf Kommando floss es aus ihrer Muschi heraus. Mia zuckte immer häufiger. Je intensiver ich leckte, desto heftiger fickte sie meinen Rudi. Ich spürte, sie wollte mich unbedingt zum Spritzen bringen. Das stachelte mich an. Jetzt wollte ich auch, dass sie noch einmal kommt, nur von und mit meiner Zunge. Ich leckte und schleckte. Meine Zunge schmerzte schon. Schließlich war ich ja nicht darin geübt, eine Frau so intensiv zu lecken.

Anna und Marie schienen das zu bemerken. Sie hockten jetzt neben uns und feuerten Mia an. Sie sollte kommen und mich gleichzeitig zum Abspritzen bringen. Anna konnte wohl nicht anders. Sie klatschte Mia auf den Po. Es war wohl das, was sie gebraucht hatte. Sie drückte sich fest auf mein Gesicht. Mir war klar, sie würde gleich kommen. Also ließ auch ich los und Mia schaffte mich nach ein paar weiteren Fickbewegungen. Ich spürte, wie der Samen aus mir raus schoss. Aber es fühlte sich so schnell hintereinander, ganz anders an. Triumphierend richtete Mia sich auf. Den Mund voll Sperma, küsste sie Marie und Anna. Die Zwei wurden dadurch erneut aufgegeilt und setzten ihr Spiel, mein Sperma hin und herzuschieben, fort.

Mia drehte sich um und blieb auf mir liegen. Einen Moment dachte ich, sie wäre eingeschlafen. Ihre Brüste drückten auf meiner Brust. Fast unmerklich bewegte sie den Oberkörper. Trotz der Ermüdung wurden ihre Nippel härter je mehr sie sich bewegte. Dann küsste sie mich. Jetzt konnte ich mich auch schmecken. „Am liebsten würde ich dich schon wieder Ficken. Ich bin dir total verfallen", flüsterte sie mir ins Ohr und kuschelte sich wieder an mich. Ich spürte ja meinen Rudi schon wieder. Aber diesmal wollte er doch etwas anderes.

„Ich müsste mal pissen!", flüsterte ich zurück. Ich wusste ja nicht, was ich damit auslöste. „Er muss pissen!", verkündete sie lauthals in die Runde. Marie und Anna reagierten sofort. Später, als ich zu Hause war, kam mir schon der Verdacht, dass das zwischen den Frauen abgesprochen war. Mia stand sofort auf und alle drei Frauen knieten nebeneinander. Das Kinn streckten sie nach vorne und die Münder waren offen. Anne zog mich an sich ran, nahm meinen schlaffen Rudi in die Hand und führte ihn an ihren Mund. „Los, piss rein und wenn ich ihn zudrücke, hältst du ein!", wies sie mich an. Es war wieder dieser Befehlston, der mich gehorchen ließ. Artig ließ ich Rudi seinen Dienst machen und der Strahl landete in ihrem Mund. Sie drückte zu und ich versuchte zu stoppen, was mir nur mühsam gelang. Welcher Mann stoppt denn schon beim Pinkeln? Dann zog mich Marie zu sich. „Genau so will ich es auch!", gab sie von sich.

Mia reagierte ganz anders. „Na, dann wollen wir doch mal sehen, was der Kleine noch so kann", meinte sie. „Immer schön laufen lassen. Ich will alles!" Während ich erstmal Zeit brauchte, wieder loszulassen, um pissen zu können, kraulte sie mir die Eier und machte mich noch mehr verrückt. Solche Spiele kannte ich noch gar nicht. Sie waren ja nie Teil meiner Fantasie gewesen. Rudi wollte ja immer nur abspritzen. Als ich es dann wieder laufen ließ, lief der Mund von Mia schnell über und die Pisse lief über ihre Brüste. Anna und Marie hielten die Hand darunter, um etwas von meiner Pisse aufzufangen und rieben sich damit ein. Ich verstand die Welt nicht mehr, aber verspürte erst mal Erleichterung, weil meine Blase sich leeren durfte.

Anna und Marie nahmen mich bei den Armen und drückten mich auf die Wiese. Ich lag auf dem Rücken und Mia stand breitbeinig über mir. Sie senkte sich runter zu mir und zog ihre Schamlippen weit auseinander. Dann sah ich den Strahl auf mich zu kommen. Erst traf er meinen Hals, dann wanderte er höher über mein Gesicht und endete auf der Brust. Aber nicht nur das. Diese geilen Frauen benutzen mich wie eine Toilette.

Marie folgte. Ihr Pissestrahl traf mich erst im Gesicht und ging dann immer weiter nach unten. Den Rest verteilte sie auf meinem Rudi. Anna meinte, dass der Rudi noch nicht genug hätte und pinkelte genüsslich voll auf ihn drauf.

Der strenge Geruch des Urins war nun wirklich nicht das, was ich mir als so junger Kerl erträumt hatte. Ich war nicht mal 20 Jahre alt und diese wilden Weiber zeigten mir all ihre Geilheit ohne jegliche Scham. Nein, sie zeigten sie mir nicht nur, sondern sie machten mich zum Mittelpunkt des Geschehens. Mit mir konnten sie ihre Geilheit ohne Tabus ausleben. Sie ließen sich fallen und kosteten es aus. Schließlich war es Mia, die mich aus dieser misslichen Lage befreite. Sie nahm eine Flasche Wasser und goss diese über mir aus. Marie machte es ihr nach und leerte ebenfalls eine Flasche Wasser, diesmal über mein Gesicht, aus.

Dann aber sprang ich auf und holte auch eine Flasche Wasser. Jede der Frauen bekam jetzt auch von mir etwas Wasser ab. Jeder von uns hielt jetzt eine Flasche in den Händen. Wir rannten über die Wiese und bespritzten uns ausgelassen. Die Frauen benahmen sich wie Kinder. Dennoch waren sie mindestens doppelt so alt wie ich. Ich rannte Mia hinterher, die sich plötzlich umdrehte und von mir mit Wasser bespritzt wurde. Dann legte Mia ihre Arme um meinen Hals und küsste mich. Es war ein leidenschaftlicher Kuss. Sie zitterte dabei am ganzen Körper. Ihre Augen versuchten mich zu durchdringen. „Wer bist du, Michael, was machst du mit mir?" Marie und Anna waren jetzt hinzugekommen und legten ebenfalls ihre Arme um uns. Anna sagte wieder: "wer bist du Michael, das wir mit dir so geil sein können?"

Traumhaft geil, meine Gesellenprüfung Teil IV.

Es war ein Tag, der mich unruhig machte. Was war das für ein Rausch? Warum waren denn die Frauen selbst ständig so geil? Ich dachte bis jetzt immer, wenn Rudi sich meldet, dass ich es ihm selbst machen oder eine Votze für ihn suchen müsse. Das war natürlich für einen jungen Kerl nicht immer so einfach. Jetzt aber waren es die Frauen, die mich trieben. Der arme Rudi kam ja bei Anna, Marie und Mia gar nicht mehr, mit dem an ihn gestellten Forderungen und Wünschen, nach. Ständig hatte ich die drei Ärsche und die Frauen in Doggy-Stellung vor meinen Augen. Ich genoss es, ihre Votzen zu betrachten und ihre Arschlöcher erleben zu dürfen, wie sie mich aufgeilten. Aber heute rührte Rudi sich gar nicht mehr. Er war einfach zu erschöpft. Das hatte ich noch nie bei ihm so erlebt.

Gegen Mitternacht, nachdem ich zuvor ausgiebig geschlafen hatte, war das anders. Rudi schien wieder munter zu werden. Aber ich vertröstete ihn bis zur Abfahrt. Eines war ja klar, die drei geilen, süßen Weiber, wie ich sie jetzt nannte, werden mich schon anmachen. Also legte ich wieder ein Handtuch und eine Unterhose bereit. Auf dem Weg zum Auto hatte ich bereits keine Unterhose mehr an. So war das Ausziehen der Jeans im Auto kein Problem mehr. Ich fuhr also wieder fast nackt mit dem Auto. Und allein dieser Zustand war es mir schon Wert, weil er mich bereits erregte. Aber zusätzlich von den drei geilen, süßen Weibern, so nackt betrachtet zu werden, war die Erfüllung meiner geilsten Träume.

Anna, Marie und Mia warteten schon. Und artig, wie ich es gestern gelernt hatte, stellte ich mich vor die Fahrertür und bückte mich. Anna, Marie und Mia, stutzten, aber dann mussten alle drei lachen. Rudi wurde ausgiebig begrüßt und getätschelt. Dann aber hatte ich unvermittelt einen Finger im Po. Es war wohl Marie, die dazu sagte: „Ich glaube, den Jungen müssen wir auch mal ficken, der braucht es dringend." Was immer sie damit genau meinte, war mir nicht ganz klar. Aber Rudi reagierte sofort, als Anna und Mia schnell noch ein paar Fingerstöße in meinen Arsch nachschoben.

Als ich dann anfuhr, legte sich Marie sofort zu mir rüber. Sie brachte es fertig, sich auf den Beifahrersitz hinzuknien. Ihr Po drückte dabei an die Seitenscheibe. Rudi wurde sofort geschluckt, geleckt, gesaugt, genuckelt. Ich hielt fast den Atem an und versuchte, mich so gut es eben ging, auf das Fahren zu konzentrieren. Dann ging sie mit einem Knie weiter in den Fußraum, um die Beine zu spreizen und sich selber zu fingern. Das ganze geschah so zielstrebend, dass mir klar wurde, dass sie es sich vorher so ausgedacht hatte, sich zu fingern und mir dabei den Rudi zu blasen, um selber zu einem Orgasmus zu kommen.

Mia hinter ihr schien das zu gefallen. Sie streckte ihren Arm nach vorne aus, um Marie beim Fingern unterstützen zu können. Sie machte auch nicht davor Halt, auch Marie's Arsch mit dem Finger zu ficken. Aber das konnte ich beim Fahren nicht so richtig beobachten. Jedenfalls stöhnte Marie auf und presste sich gegen die Hand von Mia. Irgendwie tanzten mir Sterne vor den Augen. Aber Mia hatte ihre Jeans bereits auch schon ausgezogen und fingerte sich mit der anderen Hand. Anna war noch dabei, ihre Jeans über die Füße abzustreifen. Das Nächste war dann eindeutig. Sie fingerte sich auch. Rudi ging es gut, er genoss dieses Blasen, das immer intervallartig unterbrochen wurde, weil Marie sich dann selber vorantrieb. Es war klar, sie wollte ihren Orgasmus bekommen.

Dann kam Unruhe auf der Rückbank auf. Anna und Mia versuchten sich zueinander zu setzen. Ein Bein jeweils auf der Bank, das andere mehr im Fußraum, gelang es ihnen, ihre Votzen aufeinander zu drücken und sich gegenseitig zu reiben. Ihre Hände waren dann zeitweise zwischen ihren Votzen, um sich noch mehr aufzugeilen. „Morgen bringe ich den doppelseitigen Dildo mit", war von Mia zu hören. Die beiden krachten regelrecht aufeinander und gleichzeitig tobte Marie neben mir. Eine Hand von ihr war jetzt heftig mit ihrer Votze beschäftigt. Nein, das war zu viel für mich, zumal Rudi sich jetzt meldete. Er wollte spritzen. Ich fuhr kurz auf einen Feldweg. So konnte ich mich voll auf mich und die Situation konzentrieren.

Marie stöhnte voll auf und wichste Sekunden später den Rudi so heftig, dass er in ihrem Mund kam. Ich spürte diese außergewöhnliche Geilheit von uns allen, die uns „Alles oder nichts" befahl. Einen Moment lag mein Kopf entspannt auf der Kopfstütze. Marie rappelte sich auf, um wieder sitzen zu können und suchte ihr Höschen. Anna und Mia aber fingen an, sich anzugeifern „Du Schlampe", „selber eine", „Fickloch" oder „Sameneimer" war da zu hören. Sie trieben sich an, sie geilten sich auf und fingerten sich immer schneller. Anna schrie fast, als sie kam, während Mia etwas später nach vorne kippte. Wir alle atmeten heftig.

Ich öffnete die Fahrertür und stieg aus. Das war wohl eine sehr gute Idee, denn die Frauen folgten. So konnten wir uns besser anziehen und einen Moment entspannen. „Ich muss dich küssen, Michael", sagte Anna und umarmte mich. Als Mia und Marie das sahen, kamen sie auf die Fahrerseite. „Danke Michael", sagte Mia und ich spürte ihren weichen Mund und ihre Zärtlichkeit. „Ich habe noch was von dir", sagte Marie und ich schmeckte mich selber. Dann klopfte sie auf meine Hose und meinte: "Ich will aber heute noch mehr von deinem Rudi"! Anna und Mia lagen sich in den Armen und Marie und ich stellten uns dazu. Diesmal war es Mia, die diesen Satz sagte: „Verrückt, was der Michael mit uns macht".

Wir waren etwas später dran, als wir an der Fabrik eintrafen. Aber nicht so spät, dass es auffiel. Ich fühlte mich richtig beschwingt und übermütig. Rudi machte sich ab und zu bemerkbar. Ich genoss ihn und öffnete ihm die Hose. So baumelte er aus dem Hosenschlitz, verdeckt durch die lange Schürze, die ihn bei jeder Bewegung reizte. Ich war dabei,

Brezen auf die Bleche zu legen. Bei den immer gleichen Bewegungen legen der Brezen, war es für Rudi besonders unterhaltsam. Sah ich doch in jeder Brezel eine Votze der süßen geilen Weiber. Da war die schmale enge Votze mit den roten Schamlippen von Anna. Oder dann wieder die dünne filigrane Votze, ohne erkennbare innere Schamlippen, von der Mia, es sei denn sie zieht die äußeren Schamlippen auseinander. Die wuchtigen, dickeren und schwulstigen Lippen von Marie aber, machten Rudi besonders hart.

Zur Pause, so gegen sechs Uhr morgens, trafen wir uns im Pausenraum. Die Backöfen liefen weiter durch. Die Zeit war begrenzt. Dennoch verschwand Mia unter dem Tisch und packte Rudi, den sie dann aber auch ordentlich verwöhnte. Er zeigte es ihr und Rudi fühlte sich wieder wunderbar hart an. Das waren diese Gefühle, auf die ich nie wieder verzichten wollte. Dann aber kippte Anna meinen Stuhl nach hinten und zog ihn zurück, um sich zwischen dem Tisch und mir zu stellen. Sie hatte jetzt Mia zwischen ihren Beinen, die Rudi nicht hergeben wollte. Maria stellte sich in die Tür und meinte: "Es kommt keiner."

Dann bückte sich Anna, zog ihren Kittel hoch und ich hatte ihre Arschvotze und ihre Votze wunderbar vor mir. „Los leck mir alles!", befahl sie mir und ich neigte mich vor. Marie, die noch in der Tür stand, schaute wieder zu uns rein. Sie hatte ihre Hand unter ihrem Kittel. Ich neigte mich vor und es gelang mir, meine Zunge in ihre Votze zu drängen, um dann aufwärts bis zu ihrem Arschloch durchzuziehen. Dort kreiste ich ein paar Mal, was mir ein Quietschen von Anna einbrachte, um dann wieder unten in der Votze auf der Klitoris neu zu beginnen. Anna streckte sich immer mehr vor. Es wurde eng für Mia, die plötzlich aufstand und befahl: "Los aufstehen, Michael!"

Jetzt stand ich vor Anna und hörte von ihr: "Fick sie!" Gleichzeitig tauchte sie wieder ab und leckte Rudi bei jedem Stoß von unten. Das reizte ihn erheblich. Als Mia dann noch rief "Fick doch endlich!" und Anna meinte: "Du hast es schon mal besser gemacht", gab ich Rudi freien Lauf und er rammte ihn Anna rein. Die stöhnte bei jedem Stoß lauter. Marie schaute erschreckt vom Gang rein und ihre Bewegungen unter dem Kittel wurden heftiger. Meine Eier klatschten jetzt auf Anna und Mia ins Gesicht. Dann erlöste sich Rudi und füllte die Votze von Anna auf. Ich atmete heftig auf und zog Rudi raus. Mia ergriff ihn, um ihn abzulecken und dann tief in ihrem Hals aufzunehmen. Da kam die Warnung von Anna, dass es rausläuft und Mia reagierte sofort. Sie leckte jetzt die Anna. Ich schaute wohl richtig bedeppert zu. Jedenfalls fragte Marie, die sich immer noch heftig fingerte: "Hast du das so noch nie gesehen?"

Marie drückte sich an mich und stöhnte lauter. Mia kam dazu und fingerte sich ebenso. Sie wollte jetzt zusammen mit Marie kommen. Anna streckte sich aus. Sie schaute in den Gang und brachte ihren Kittel in Ordnung. Ab und zu drückte sie sich an meinen Rücken, während Marie und Mia sich gegenseitig hochschaukelten. Heftig atmeten sie dabei und die Luftstöße spürte ich jetzt von beiden am Hals. Auch dieses Innehalten und das Vibrieren der Finger übertrugen sich auf mich. Dann aber diese Ruhe. Das Zusammendrücken der Beine. Diese unnachahmlichen Bewegungen des Beckens der Frauen und dieses lange, tiefe Ausatmen. Jetzt umklammerten mich alle drei Frauen ganz fest. Es mag eine Minute gedauert haben, bis sie dann wie auf Kommando, die Umarmung lösten und gegenüber in der Toilette verschwanden.

Als wir Feierabend hatten, stiegen wir alle zusammen in das Auto ein. Anna wurde schon ungeduldig. „Nun fahr schon los!", herrschte Anna mich an. „Bring uns auf die Waldlichtung." Irgendetwas war anders. Die Frauen zogen sich zwar aus und als ich in den Waldweg einbog, waren alle nackt. Aber sie schienen es nicht auf mich abgesehen zu haben. Sie waren mit ihren Gedanken irgendwie woanders. Kaum hatte ich gehalten, sprangen sie aus dem Auto, holten die Decken und drei Taschen aus dem Kofferraum. Eine war mit Handtüchern vollgestopft und die andere mit Getränkeflaschen. Aber was war in der dritten Tasche? Ich traute meinen Augen nicht, als sich Anna, Marie und Mia jeweils eine Salatgurke aussuchte. „Schau nicht so", meinte Anna: "Wir haben uns was vorgenommen. Wichs dir deinen Rudi und mach uns geil. Wenn wir das sehen, bekommst du eine extra Show."

Dann legten sie sich nebeneinander, spreizten die Beine und brachten die Gurken in Position. Ich erkannte, dass die schmalen Seiten, da wo der Stängel saß, sorgsam rundlich abgeschnitten waren. Mit dieser Seite gingen sie in ihre Votzen und fickten sich, wie mit einem Dildo. Anna und Marie waren schnell zugange. Sie brauchten nur ein paar Mal, bis die Gurken nass waren und tiefer reinglitten. Mia aber, mit ihrer schmalen und engen Votze, tat sich schwer. Sie gab sich alle Mühe, aber es gelang ihr nicht. Anna und Marie stöhnten, als sie die Gurken tief reinglitten ließen. Dann drehten beide ihre Gurken um und stopften sich die Gurken mit dem dicken Ende rein.

Rudi verstand die Welt nicht mehr. Er schwankte zwischen hart und weich. Sollte er nun spritzen oder nicht? Mia sah mir mutlos in die Augen. Es schien wie ein Hilferuf. Tränen kullerten ihr aus den Augen. „Komm, Michael", forderte sie mich auf, „mach du es!" Ich kniete mich nieder und nahm die Gurke in die Hand und bewegte sie behutsam, mit der schmalen Seite zuerst, in ihre Vagina. Als es schon etwas leichter ging, bewegte ich die Gurke schnell rein und raus, ohne jedoch ganz rein zu stoßen. Schneller immer schneller. Das brachte Mia erst mal richtig in Stimmung. Sie wurde geil und nasser und stemmte sich mir immer mehr entgegen. Dann war die Gurke drin. Ich drehte sie um und setzte das Spiel mit der dickeren Seite fort und sah in zwei glückliche Augen. Mit aller Kraft drückte ich die lange Gurke in sie rein und war erschrocken, wie tief das ging.

Mia genoss es jetzt, so gefickt zu werden. „So ausgefüllt war ich noch nie", nuschelte sie vor sich hin und begann, ihre

Klitoris zu fingern. Anna aber zog die Gurke raus und kramte aus der Tasche eine Schachtel hervor. Schnell hatte sie das Gummi, ein Kondom, gefunden, den sie über das schmale Ende der Gurke rollte. Sie nahm eine Flasche mit Gleitgel und strich es darüber. „Gleitgel!", meinte sie mir erklären zu müssen. Dann setzte sie die Gurke auf ihr süßes Poloch und drängte die Gurke rein. Mia, die das gesehen hatte, holte sich ebenfalls einen Gummi und die Gleitcreme machte es Anna leicht. Die beiden arbeiteten heftig, schrien vor Schmerzen, machten eine Pause und arbeiteten weiter daran, die Gurken rein zu bekommen, ohne sie zu zerstören.

Ihr Stöhnen nahm zu. Es schien, als ob sie abwesend waren. Nur ganz und gar in sich gekehrt, hatten sie ein Fick-Erlebnis der besonderen Art. Ich hatte es fast nicht bemerkt, als ich mich wieder Mia zuwandte, dass Rudi steinhart war. Mia zuckte und ich wusste, sie war gekommen. Sie nahm die Gurke selber in die Hand und schob sie zur Entspannung rein und raus. Dabei lächelte sie mich dankbar an, weil ich ihr dabei geholfen hatte, sie überhaupt rein zu bekommen. Was dann geschah, verstand ich selber nicht. Ich nahm mir die Gleitcreme und strich Rudi damit ein. Dann spritze ich eine große Portion auf Mia's Arsch. Ich drückte ihre Beine hoch und Mia riss ihren Mund auf. Es kam aber kein Ton raus.

Mia wusste, was sie erwartete, als Rudi plötzlich in ihren Arsch eindrang. Sie zuckte heftig und schrie laut. Anna und Marie bekamen erst jetzt mit, was geschehen war. Rudi steckte tief in ihren Arsch. Sie zuckte heftig und strampelte mit den Beinen und wollte sich befreien. Ich hielt aber dagegen und begann sie zu ficken. Das entspannte sie wohl ein wenig und ihre Abwehr nahm ab. Dann hatte ich freie Bahn. Ihr Anus war so eng. Ich wusste, Rudi würde das nicht lange durchhalten, ohne zu kommen. Dann konnte ich mich nicht mehr beherrschen. Ich fickte wild in sie rein, ohne auf ihre Bedürfnisse und Gefühle zu achten. Wie in einem Rausch von Geilheit und in einer, nie für mich dagewesenen Wildheit, bewegte sich nur noch mein Körper. Anne und Marie schrien mich an: „Fick sie härter! Fick sie! Mach sie fertig, sie will es, sie braucht es!"

Das alles irritierte mich mehr, als es nutzte. Aber es hatte auch den Vorteil, dass Rudi ein Stehvermögen bewies, dass er so noch nicht gezeigt hatte. Anna und Marie klatschten mir auf meinen Arsch und feuerten mich an. Jetzt merkte ich auch, dass Mia mich mit offenem Mund ansah, als ob sie mich noch nie so gesehen hatte. Sie nahm jede Reaktion vom mir auf und genoss es sichtlich, mich so wild, so ungestüm, so geil und so unkontrolliert zu erleben. Als sie ihre Finger an ihre Klitoris legte, ging es mit mir noch mal richtig ab. Die Gurke in ihrer Votze störte mich ja und war im Wege. Aber jetzt zersprang sie zu einem Matsch. Alle lachten darüber. Es war eine wahnsinnige Situation.
Langsam kam ich runter und bewegte Rudi kontrollierter. Erst jetzt bemerkte ich den weichen gedehnten Arsch von Mia, die sich sichtlich wohlfühlte. Jetzt wurde mir klar, wie viel ich als Mann für eine Frau tun konnte. Ich war es, der sie in diese

Situation gebracht hatte. Ich hatte ihre Grenzen gesprengt und in diese, für sie neue Gefühlswelt, gebracht. Das schienen auch Anna und Marie zu spüren. Jedenfalls küsste Marie die Mia intensiv und ich spürte Annas Hand an meinen Eiern. Dann aber die Überraschung. Plötzlich hatte ich einen Finger von ihr im Arsch. Erst einen, dann noch einen weiteren. Ich biss die Zähne zusammen. Nein, nicht aufhören, das kam nicht infrage. Ich stemmte mich gegen die Finger.

Langsam fickte ich Mia weiter. Sie stöhnte heftig. Der Rest der Gurke war noch in ihr. Ihre Finger rieben heftig ihre Klitoris. Marie zwirbelte Mia's Nippel und biss vorsichtig in sie rein. Dann wieder zärtliche Küsse auf die Lippen von Mia. Es war eine gefühlvolle, lang empfundene Zeit. Anna massierte meine Prostata. Rudi spuckte kleine Portionen seiner kostbaren Sahne ihn den Arsch von Mia. Ich segelte an dieser wundervollen Kante. Kurz vor dem Kommen verzögerte ich, um dann wieder weiterzumachen. Die warmen weichen Brüste von Anna strichen über meinen Rücken. Sie geilte sich an mir auf. Vor mir die Marie, die sich an Mia aufgeilte. Sie hatte ihre Finger in ihrer Votze und brachte sich wieder in eine geile Stimmung. Am Zittern von Anna, die sich an mich lehnte und mir immer noch die Prostata massierte spürte ich, dass wohl auch Anna sich noch fingerte.
Neue Gefühle, neue Eindrücke und drei verschworene, süße, geile Weiber. Weiber, die mit mir außer Rand und Band waren. Mir war schon klar, dass es etwas Besonderes war, was ich gerade erlebte. Mein Orgasmus, war nicht so spektakulär wie

man meinen möchte. Es war ein sanftes Auslaufen. Rudi brauchte dringend Erholung. Anna und Marie schien es ähnlich zu gehen. Sie hörten plötzlich auf und waren zufrieden. So als hätten sie sich schnell zwischendurch mal Erleichterung verschafft. Nur Mia reagierte ganz anders. Als Marie von ihr abließ, begann ihre Hand auf ihrer Klitoris heftig zu arbeiten. Sie spannte ihren Körper. Sie bäumte sich auf und presste die Gurke raus. Sie warf sie beiseite und sofort waren zwei Finger in ihrer Votze.

Sie kam mit einem lauten „Geil" und überraschte uns alle damit.

Traumhaft geil, meine Gesellenprüfung Teil V

Eigentlich hatte ich, wie an jedem Tag dieser Woche, nur noch Ficken im Kopf. Nichts ist aber wirklich bei mir angekommen. Ich erlebte, wie ich beim Ficken reagiere, wie die Frauen reagieren. Ich hatte Gefühle, die ich vorher nicht kannte. Was da mit den Frauen passierte, war mir vorher völlig verborgen geblieben. Frauen, das waren doch Votzen! Spüren die denn auch was? Aber jetzt war es ganz anders. Rudi wurde ganz anders gebraucht, als mal eben so kurz abgewichst. Da waren jetzt Gefühle bei den Frauen, auf die er wartete. Und es machte einen Riesenspaß, ja regelrecht glücklich, wenn Rudi diese Gefühle spürte. Er ist dann viel sensibler, kann länger stehen und freut sich über jeden Orgasmus, den er bei den Frauen ausgelöst hat. Aber richtig realisiert hatte ich das erst viel später.

Meine süßen geilen Weiber schienen müde zu sein, als sie nachts zu mir in das Auto einstiegen. Oder es war eben die Arbeitszeit. Nachts arbeiten, tagsüber schlafen und dann noch Ficken ohne Ende. Vielleicht war es ja das. Rudi jedenfalls hatte sich unter der Dusche kurz vor Feierabend, schon zu allem bereit erklärt. Ihm ging es gut. Mia die neben mir saß, öffnete gleich ihre Jeans, gab einen lauten Seufzer von sich und steckte ihre Hand rein. Dann beugte sie sich zu mir. Sofort hatte sie Rudi, der ihr schnell entgegen kam, in der Hand. Sie murmelte noch: "Sitzen kann ich nicht, ficken kann ich nicht. Beide Löcher spüre ich noch heftig. Aber blasen kann ich ihn dir. Du hast mich ja so heftig gefickt. Es war schön, wie du es gemacht hast." Rudi quittierte das mit einem riesen Sprung nach vorne und stand wieder wunderbar stramm da.

Auf der Rückbank rührte sich auch was. Marie war dabei, sich in die Votze von Anna, die auf der Rückbank immer tiefer rutschte, um Marie mehr Raum zu geben, einzugraben. Mia hatte jetzt Rudi so richtig gepackt. Zwei, drei Mal mit dem Kopf rauf und runter genügten ihr und sie hatte Rudi fest in ihrem Hals eingeklemmt. Mir war das zu heiß. Ich fuhr im letzten Moment auf den Feldweg von gestern. Als wir anhielten, machte Marie die Tür auf und schob ihre Füße raus. Sie packte Anna fester und konnte sie so viel besser lecken und verwöhnen. Mia machte es ebenso, sie lag jetzt lang mit dem Bauch auf dem Fahrersitz. Ihre Hose war halb runter geschoben und sie fingerte sich heftig mit zwei Fingern in der Votze.

Wenn jetzt ein Auto gekommen wäre, hätten die Insassen wohl ein seltsames Schauspiel in freier Wildbahn erlebt. Mia fickte meinen Rudi so heftig, dass ich mich weit zurücklegen musste, damit ihr Kopf zwischen meinem Bauch und dem Lenkrad genügend Platz hatte. Ich schloss die Augen, drückte Rudi soweit es ging, noch etwas raus, und überließ alles Andere Mia. Sie fickte sich mit meinem Rudi, griff an meine Eier und versuchte, unter mir durch so besser an meinen Arsch zu kommen. Aber da war es schon zu spät! Rudi hielt nicht länger durch und übergab seinen Sahneschatz freiwillig und vollkommen an Mia ab, die ihn mit Wonne schluckte.

Als ich wieder klar denken konnte, war Marie heftig mit Anna beschäftigt. Ich drehte mich um und sah zu. Mia, die jetzt wieder neben mir saß, schaute ebenfalls zu und griff nach Rudi, den sie heftig drückte. Anna schrie und wand sich, aber Marie gab ihr keine Chance zu entkommen. Ich ahnte, dass Anna schon längst gekommen war, aber Marie ließ nicht locker und machte beständig weiter. Wie ein Automat pflügte ihre Zunge durch die Schamlippen und saugte die Klitoris ein. Eine beständige, wiederkehrende Bewegung mit großer Gleichmäßigkeit. Dann hielt Marie inne. Scheinbar geschah nichts. Dann aber drückte Mia den Rudi so heftig, dass ich aufschrie. Mia spürte es, bevor ich überhaupt begriff, was geschah. Marie kam, ohne dass sie ihre Finger einsetzte. Nur durch das Lecken von Anna und durch die vielen kleinen Orgasmen von Anna hatte sie sich aufgegeilt. Ich muss zugeben, es war für mich eine unglaubliche Erfahrung.

Anna brauchte Zeit, um erst mal zur Besinnung zu kommen. Ich wollte diese Zeit nutzen, mich eine wenig abseits zu stellen und zu pinkeln. Das ließ aber Mia nicht zu. Sie stellte sich neben mich und sah erst zu, wie ich Rudi aus der Hose befreite. Dann nahm sie ihn mit Daumen und Zeigefinger in die Hand, sah mich schnippisch an und befahl: „Nun mach schon!" Ich ließ laufen und sie bewegte Rudi hin und her und malte Kreise auf den Boden. „Das ist gemein, alleine pinkeln zu wollen!", beschwerte sich Anna. „Mach das Licht an!" Dann setzte sie sich ins Scheinwerferlicht, zog die Schamlippen auseinander und pinkelte los. Marie setzte sich daneben und lachte: „Der Junge soll doch später von uns erzählen können."

Ich gebe ja zu, ich war verwirrt. Diese süßen, geilen Weiber spielten ihr Spiel mit mir. Soweit hatte ich das Spiel schon verstanden. Aber ich spürte auch den Schubs, doch selber aktiv zu werden, sie zu fordern und von ihnen zu verlangen. Im Grunde wollten wir uns doch alle erleben und verausgaben. Mir war klar, die Frauen wollten die Sau raus lassen und so richtig alles machen, was sie schon immer mal erleben wollten. Erstaunlich war ja nur, dass sie untereinander alle Hemmungen fallen ließen. „Schön mit dir und danke, dass du mir Zeit gegeben hast, es ausklingen zu lassen", sagte mir Anna: „Ich sehe schon, du lernst schnell."

Die Arbeit in derNacht war stressig, aber das ist ja am Freitag immer so. Für das Wochenende wurde immer mehr Ware gebraucht. Samstag ist eben ein Einkaufstag. Immer wieder kam noch ein weiterer Auftrag. Gott sei Dank braucht so ein Industrieteig heute nicht mehr so viel Ruhezeit. Manchmal war ich schon versucht, mal einen Rudi zu formen oder so ein Brot mit einem Schlitz, wie eine Vulva aussehen zu lassen. Ja, vielleicht die drei Votzen von Anna, Marie und Mia in ihrer unterschiedlichen Form zu backen. Aber heute, an meinem letzten Tag, blieb dafür keine Zeit. Ich kam nicht einmal dazu, eine Pause zu machen.

So war ich froh, Feierabend zu haben, nachdem ich die Öfen abgeschaltet und noch einige kleine Vorbereitungen für Montag erledigt hatte. Ab Montag würde ich ja wieder bei meinem Meister in meinem Ort zu Hause arbeiten. Ich kam etwas später auf den Parkplatz, weil ich mich noch von den anderen Kollegen verabschiedete. Die Frauen, meine geilen, süßen Weiber warteten schon ungeduldig. Ich spürte, es lag was in der Luft. Alle drei waren unruhig. Sie wollten noch mal so richtig die Sau raus lassen. Wie schon gestern, waren sie bereits im Auto ausgezogen und konnten nicht schnell genug aus dem Auto kommen, als wir auf unserem Parkplatz ankamen. Dann gab es ein Palaver am Kofferraum, wer denn was bekommt und wer was machen solle. Verstanden hatte ich das nicht wirklich.

Aber als sie dann auf der Decke standen, banden sie sich solche Fickgürtel um. Ein Penis auf so einer dreieckigen Platte, die sie sich vor die Votze banden. Damit konnten sie ficken, wie ein Mann. Aber was hatten sie denn vor? Warum aber hatten Anna und Mia so ein Gürtel umgeschnallt und Marie nicht? Das Rätsel löste sich dann. Marie legte sich auf den Rücken, Anna gab Gleitgel auf diesen Kunstpenis und versuchte damit in die Votze von Marie einzudringen. Beide lachten. Es war komisch und sah sehr ungelenkig aus. Aber mit der Zeit gelang es ihr und sie begann, in langen und gleichmäßigen Schüben zu ficken. Dann legte sich Mia daneben und bedeutete Marie, sich zur Seite zu drehen. Mia brauchte eine ganze Weile, um die richtigen Positionen zu finden. Dann aber vögelten Anna, Marie und Mia im Gleichklang.

Mia fickte die Marie in den Arsch und Anna fickte sie in die Votze. Mal wunderbar im Gleichklang, mal gegenläufig. Mia rein und Anna raus oder eben beide gleichzeitig rein. Marie gab Anweisung, wie tief oder schnell das Stoßen sein sollte. Sie begann, mit der Zeit bei jedem Stoß zu schnaufen. Rudi gefiel das gar nicht. Er hatte ja nichts zu tun. Und so richtig geil wurde er dabei aber auch nicht. Ja, bis er dann das Arschloch von Anna zu sehen bekam. Die Anna, dieses Schmalreh mit den schmalen Hüften, die gestern ohne zu zögern, sich die Gurke in den Arsch gewürgt hatte. Sie in den Arsch zu ficken, das wäre doch was für Rudi, zumal Anna mir doch gestern mit den Fingern die Prostata massiert hatte.

Ich griff nach dem Gleitgel. Rudi funktionierte bei dem Gedanken auf Anhieb. Ich wichste ihn mir schnell hoch und strich ihn mit dem Gleitgel ein. Dann legte ich mich vorsichtig hinter Anna, die sehr mit sich selber und mit dem Ficken von Marie beschäftigt war. Ein Spritzer Gleitgel landete auf ihrer Rosette und Rudi drang, ohne zu zögern ein und blieb drin. Anna schrie auf und hielt inne. Ich denke, sie brauchte nicht etwas Zeit, bis der stechende Schmerz verklungen war, sondern sie musste wohl erst begreifen, was geschehen war. „Du Mistkerl!", fluchte sie vor sich hin. Dann aber drückte sie ihren Po Rudi entgegen, der sofort in der Tiefe ihres Anus' verschwand. Ich fickte sie kräftig und meine Stöße übertrugen sich von Anna auf Marie. Marie schien noch mehr zu schnaufen und fluchte wild: „Die geilen Schlampen. Sie sollen es ihr doch endlich besorgen oder noch 5 Männer einladen!"

Marie geilte sich so auf, dass wir alle in ihren Bann gezogen wurden. Von vorne und hinten gefickt, erlebte sie eine ganz andere Gefühlswelt. Gierig nahm sie jeden Stoß entgegen. Anna pendelte jetzt zwischen mir und Marie. Wenn Mari rein ging, ging Rudi eben aus ihrem Arsch raus. Ich unterstützte sie dabei, indem ich nicht in sie rein stieß, sondern sie bei den Hüften packte und diese vor und zurück bewegte. Rudi tat es gut. Er fickte, war aber nicht wirklich gefordert und der Arsch von Anna war weicher als der von Mia. Man merkte eben, dass sie öfter anal gefickt wurde. Ja, sie schwärmte gerade immerzu davon. „Vier in einer Reihe und alle ineinander gesteckt. Das werde ich auch nicht vergessen", meinte sie. Die Bewegungen wurden langsam immer harmonischer und rhythmischer. Aber das ist wohl das Geheimnis. Gleichmäßige Bewegungen und der Orgasmus baute sich auf. Marie hielt inne, sie wollte nicht kommen. Sie ließ es abklingen. Anna und Mia durften sich nicht bewegen, bis sie es wieder zuließ. Sie könne das stundenlang machen, meinte sie und es war wohl eine wildes geiles Erlebnis, dass so schnell nicht enden sollte. Aber dann krümmte sie sich eben doch und hatte ihren Orgasmus. Sie schob sich von Anna weg, behielt aber den Dildo von Mia im Arsch. Ganz schnell hatte sie ihre Finger in ihrer Votze und tastete diese aus. Sie erlebte das Abklingen so viel intensiver.

Mia zog sich dann zurück und legte den Fickgürtel ab. Ich hatte den Eindruck, sie wollte in die Mitte. Dann aber schob sie sich zwischen die Beine von Marie und begann, sie zu lecken. Marie war außer sich.

Nach dem Orgasmus nochmal verwöhnt zu werden, hatte sie sich immer gewünscht. Sie drückte den Kopf von Mia regelrecht in ihre Votze. Es war mehr ein Reiben mit dem Gesicht als ein Lecken. Marie war einfach so geil und konnte kein Ende finden. Anna, die jetzt nichts zu tun hatte und nur gegen meinen Rudi hielt, fühlte sich wohl unterfordert. Sie verlangte von Mia, sich zu drehen, bis sie ihren Po vor sich hatte und in Mia eindringen konnte. Das machte Mia jetzt noch wilder. Sie bewegte sich ruckartig und nahm jeden Stoß mit Genugtuung auf. Als Marie das merkte, meinte sie nur: „Warte mein Schneckchen, ich werde es dir mit dem Gürtel besorgen!"

Dann aber stutzte sie und überlegte es sich doch anders. Sie stand auf und ging zur Tasche, aus der sie die Gürtel genommen hatten. Daraus nahm sie einen weiteren Dildo, den sie als Innendildo an die Gürtelplatte befestigte. Der verschwand in ihrer Votze, bevor sie den Gürtel ganz festzurrte. Anna, die das beobachtet hatte, meinte: „Ach so geht das, das will ich auch!" Sie holte sich so einen zweiten Dildo, montierte ihn blitzartig und kam wieder zu mir: „Fick weiter Michael, solange du es aushalten kannst." Dann zog sie Mia zu sich und drang wieder in ihren Po ein. Marie kam von der anderen Seite und das Spiel wiederholte sich mit vertauschten Rollen. Wieder griff ich nach Annas Hüften und schob sie zwischen Mia und mir hin und her.

Jetzt war es aber anders. Ich spürte den Dildo in ihr. Es war enger und ich spürte auch, wie Anna geiler wurde. Immer schneller wollte sie hin und her bewegt werden. Immer ungeduldiger wurden ihre Bewegungen. Mia wurde förmlich zwischen ihr und den wuchtigen Bewegungen von Marie zermalmt. Wenn sie zustieß, spürte ich das auch. Anna meinte sogar, die Marie rammte ihr den Dildo, der in ihrer Votze steckte, rein. Es war ein Aufbauschen und Abklingen, wie vorher. Keiner wollte den Orgasmus, oder doch? Ich spürte ein Zucken in Anna. Ganz anders als in der Votze. Viel direkter. Der Dildo in ihr schien größer zu werden. Anna quietschte nur: „Mach weiter, süßer Michael, mach weiter!" Und Rudi ließ sich das nicht zweimal sagen. Er machte stur weiter. Er meldete mir jedes noch so kleines Zucken.

Anna war fast nicht mehr bei Sinnen. „Es kommt schon wieder!", rief sie. „Ich komme auch!", meinte Mia. „Ich will auch noch mehr. Macht weiter, ich kann mich am Wochenende erholen." Rudi hielt stand. Mir war so, dass er nicht spritzen wollte. Viel mehr wollte er erleben, was da in Anna passierte oder was mit Mia geschah. Marie zwinkerte mir zu: "Ficken wir sie in Grund und Boden, süßer Michael. Glaub mir, das wird nicht nur für dich unvergesslich bleiben!" Dann verdrehten sich ihre Augen und auch sie hatte noch einen Orgasmus. Der innenliegende Dildo machte es möglich. „Oh Gott, oh Gott!", jammerte Mia. „Du auch noch mal? Ich bin auch gleich wieder soweit."

In dem Moment hielt Anna den Atem an. Rudi spürte das Zucken und dann ein Schütteln des ganzen Körpers. Ihre Beine zuckten und sie zappelte in alle Richtungen. Mein Rudi konnte sich nicht halten und rutschte raus. Anna griff nach hinten und schob ihn sofort wieder rein „Gib mir eine Minute!", schnaufte sie „Dann kümmer ich mich um dich." Ich verstand nicht, was sie damit meinte. Marie sagte nur: „Ja, das ist gut, lass es ihn erleben." Mia, die wohl auch wusste, was Anna meinte, ergänzte nur: „Dazu bin ich zu schwach." Einen Moment später krümmte sie sich zusammen. Mia und Marie ließen sich los, sodass Anna jetzt mehr Freiraum hatte. Sie bewegte sich jetzt vor und zurück. Ich hatte nichts mehr zu tun.

„Lass es dir gefallen", meinte Mia, und Marie kam dazu und nahm meine Eier in den Mund. Mia küsste mich und kniff mir in die Brustwarzen. Marie kaute regelrecht an den Eiern und wurde von der pendelnden Anna jedes Mal gestoßen. Dann kam ein Gefühl dazu, das ich erst nicht begriff. Anna kniff wohl den Arsch zu, wenn Rudi raus ging und machte sich weit, wenn Rudi eindrang. Rudi wurde regelrecht gemolken. Er war chancenlos. Er konnte nichts dagegen machen. Es stieg in mir auf. Ich dachte an Eiswasser, aber das half auch nicht. Rudi wollte und musste spritzen. Als der Samen raus geschleudert wurde, sagten alle drei süßen, geilen Weiber nur noch: „Wow, das ist eben so ein Jüngling mit viel Druck!"

Ich war fertig. Ich hätte auf der Stelle einschlafen können. Meine Augen gingen ins Leere. Anna saß neben mir. Ihre Finger glitten langsam über den dahinschwindenden Rudi. Der fühlte das aber eher als Beruhigung und nicht als Anmache. Nichts auf der Welt hätte ihn jetzt hoch gebracht. Dass man so lange ficken kann, empfand ich als wunderbar. Meine Erschöpfung war irgendwie ein Geschenk, das Beste getan zu haben was ich eben konnte. Ich fühlte mich auch nicht bedrängt, sondern eher verstanden. Anna beugte sich zu mir runter und meinte: „Jetzt weißt du, wer du bist Michael, ein Mann, wie er sein soll!" Ich hatte das Gefühl, verstanden zu werden.

„Ich muss jetzt aber pissen!", meinte ich. Anna und Mia lachten und Marie meinte: „Der lässt aber auch nichts aus." Es kam mir auf einmal wie eine fröhliche Party vor. Aus den Erfahrungen von heute Früh dachte ich, jetzt pinkeln wir alle im Kreis oder so. Weit gefehlt! Anna nahm mich bei der Hand und zog mich von der Decke weg. Dann kniete sie vor mir und meinte: "Du musst aber einhalten können." Sie griff nach Rudi und setzte ihn auf die Lippen. „Na los! Jetzt piss einfach!", befahl sie. Rudi gehorchte und ich pisste ihr in den Mund. Dann kniff sie die Lippen zusammen und ich hielt ein. Mia und Marie waren schon bereit und bekamen auch was ab. Sie schienen meine Pisse zu schlucken. Jedenfalls fing ich bei Anna wieder an und schaffte es bis zu Marie. Dann war ich leer.

Ich streckte mich, als Anna von den Knien auf die Füße wechselte. Sie machte die Beine breit, zog die Schamlippen auf und ließ es laufen. Jetzt bei dem Licht konnte ich viel mehr und alles viel genauer sehen. Schnell hielt ich meine Hand in den Strahl und steckte die Finger in den Mund. Dann wechselte ich zu Mia und war schon mutiger. Ich fing den Urin mit der Hand auf und schlürfte alles aus. Mia war wilder und griff nach meiner Hand und hielt sie noch mal in ihren Strahl, um dann aus meiner Hand zu trinken und sie zu lecken. Marie aber hielt sich damit nicht auf. Sie befahl mir, mich hinzulegen. Dann pinkelte sie los. Über mein Gesicht und in den Mund. Die Frauen lachten. Ich lachte mit. Wir hatten Spaß.

Ach ja, wir brauchten anschließend noch viel Wasser und Handtücher. Aber was ich nicht wusste, war, dass wir nie wieder Gelegenheit bekommen würden, uns nochmal alle treffen zu können.

Traumhaft geil, die Meisterprüfung

Sie stand vor mir und machte sich an einem ihrer Ohrstecker zu schaffen. Der Fahrstuhl blieb auf der nächsten Etage etwas abrupt stehen und sie schrie erschreckt auf: „Mein Ohrstecker!" Sie blieb, anstatt den Fahrstuhl zu verlassen, vor mir stehen. Die anderen Leute hatten den Fahrstuhl schon verlassen. Auch ich wollte raus und versuchte, an ihr vorbeizukommen. Prompt bekam ich die Fahrstuhltür in die Seite und hielt dagegen. Gemeinsam mit der Frau suchte ich den Boden nach ihrem Ohrstecker ab. Dann sah ich den Ohrstecker in einer Rille der Abschlussleiste des Fahrstuhls liegen, nicht mal einen Zentimeter vom Spalt zwischen Fahrstuhlboden und Schachtwand entfernt.

Ich ging in die Knie und konnte einen Handrücken in den Spalt legen und den Ohrstecker sicher mit der anderen Hand greifen. Als ich mich aufrichtete, sah ich in ihre Augen. Ich war wie gelähmt, unfähig etwas zu tun. Ich kannte diese Augen und hatte sie schon einmal gesehen. Aber wo? Als sie dann sagte: „Michael du, was machst du hier?", kam die ganze Erinnerung zurück. Es war zehn Jahre her. Zehn Jahre, in denen ich von Anna, Marie und Mia nie wieder was gehört hatte. Das musste Anna sein. Anna umklammerte mich und kuschelte sich an mich, als ob das alles erst gestern geschehen war. Der Ohrstecker war ihr gar nicht mehr wichtig.

Als sie sich wieder von mir löste, waren ihre Augen feucht und glänzten wieder. Sie schien durch mich durchzuschauen, als sie sagte: „Michael, wer bist du, dass ich sofort von dir so in den Bann gezogen werde?" Ich lachte sie nur an und wusste immer noch nichts darauf zu erwidern. Aber immerhin sagte ich: „Komm, wir setzen uns zusammen und plaudern ein wenig." Anna hatte sich kaum verändert. Sicher, sie hatte ein paar Fältchen mehr. Aber sie war immer noch das Schmalreh mit der Körbchengröße B. Ich sah noch genau ihre Votze vor mir, in die ich rein gefickt hatte. Auch erinnerte ich mich daran, wie sie mich angepinkelt hatte.

Wir beschlossen spontan, gemeinsam in ein Restaurant zu gehen. So erfuhr ich, dass der Betrieb damals Insolvenz anmelden musste. Am Montag darauf, nach unserem letzten Treffen, hatten alle drei Frauen die Kündigung bekommen. Marie zog alsbald um in einen anderen Ort, weil sie eine andere Arbeit gefunden hatte. Mia blieb noch ein paar Monate im Ort und war dann auch weg gezogen. So blieb den Frauen nur noch eine Woche in der Fabrik, in der sie dort alle Mehlsorten sortierten und für den Abtransport vorbereiteten. Sie hatten noch viel miteinander über unsere gemeinsame Zeit gesprochen. Sie alle konnten es immer noch nicht begreifen, warum sie in der Lage waren, alle Hemmungen fallen zu lassen und sich tabulos in jedes erdenkliche Abenteuer zu stürzen, was sich eben in dieser Gemeinschaft ergab.

Anna konnte auch nicht begreifen, warum sie wild auf Marie und Mia war und beide erleben wollte. Dabei hatte sie ja alles gegeben und nichts ausgelassen. Was hatte ich da gemacht? Es war wohl einfach, weil die Frauen mich nicht so ganz ernst genommen hatten. Ich war damals mit 18 Jahren für sie noch kein richtiger Mann. Noch unerfahren, wiesen sie mich ein, wie das so ist mit den Ficken und wie sie es als Frauen gerne hätten. Aber eben auch nicht immer sagen was sie wollen. Als wir das alles so besprachen, kuschelte sich Anna an mich. Das Restaurant war kaum gefüllt. Wir tranken erst einen Kaffee und dann einen Prosecco.

„Mach mir den BH", auf hauchte sie mir ins Ohr. Ich tat ihr den Gefallen. Welcher Mann hat es denn noch nicht versucht, einen BH durch die Bluse hindurch zu öffnen. Sie öffnete zwei weitere Knöpfe ihrer Bluse, um die Träger von den Schultern zu streifen. Die zog sie dann in den Ärmel über die Hand. So konnte ich ihr den BH durch den anderen Ärmel unter der Bluse wegziehen. Die Bluse schloss sie nicht. Im Gegenteil, sie gewährte mir diesen tiefen Einblick bis zum Bauchnabel. Ihre Brüste schienen immer noch, wie damals, schön geformt und fest. Ihre Brustwarzen standen nach vorne. Rudi gefiel das alles sehr gut.

Aber Rudi hatte da ein Problem. Er mochte ja die Hand von Anna sehr gerne, aber in den Jeans war einfach kein Platz, sich auszubreiten. Anna wäre nicht Anna, wenn sie nicht eine Lösung für das Problem gefunden hätte. Sie zog einfach den

Tisch etwas näher heran. Die Tischdecke war groß genug, nicht nur die Region von Rudi, sondern auch die Jeans von Anna abzudecken. Was darauf folgte, konnte sicher jeder ahnen. Meine Finger gruben sich in ihre Votze. Die war so nass, dass es mich schon wunderte. Anna musste wohl hoch erregt gewesen sein. Sie nahm den Rudi zwischen den Fingerspitzen und dem Daumen in die Mangel. Rudi produzierte Tröpfchen für Tröpfchen und sie rieb die Flüssigkeit so sanft über die Eichel, dass er große Lust auf viel mehr bekam.

Die Bedienung, eine Frau von vielleicht 40 Jahre, kam grinsend zu uns. „Ich sehe schon, Ihnen geht es sehr gut!", „Dazu sollten sie noch einen Prosecco bestellen." „Wenn sie einen mittrinken, können wir das gerne machen", meinte Anna nur. „Dann stelle ich aber mein Glas auf die Bar", entgegnete die Kellnerin. Beim Zurückgehen lief sie aber anders, als wie sie vorhin zu uns gekommen war. Sie ging irgendwie lässiger. Als sie hinter die Bar trat, bückte sie sich und ließ ihr Höschen blitzen. Sie brachte den Prosecco und wir prosteten uns zu. Dann musste sie wieder zurück hinter die Bar. Dort bückte sie sich abermals. Aber diesmal war da kein Höschen mehr zu sehen, sondern ein schwarzer Busch. Anna reagierte sofort: "Michael, wer bist du?" Dann sagte sie den Schlüsselsatz, der Rudi fast zum Spritzen brachte: „Ich will deinen Arsch sehen!"

Jetzt begann auch ich, mit der Bedienung zu flirten, indem ich ihr mal zuzwinkerte oder einen Kussmund zuwarf. Anna tat das

Gleiche. Wir beide waren also nicht abgeneigt, etwas mit der Bedienung anzufangen. Wir sahen uns hierbei nicht als Konkurrenten. Nein, wir wollten sie beide für uns zusammen haben. „Ihr zwei macht mich noch ganz verrückt", sagte sie, als sie am Tisch vorbeikam. Anna reagierte prompt, zog die Tischdecke etwas zurück und zeigte ihr, wie sie meinen Rudi im Griff hatte. Ich meinte, sofort zu erkennen, dass sie ihre Beine zusammendrückte, als ob sie eine volle Blase hätte. Ihre Reaktion beruhte aber wohl mehr auf ihrer aufkommenden Lust. Als sie sich umdrehte, ging sie ganz dicht an mir vorbei und ich strich ihr wie selbstverständlich über ihren festen Po.

Als sie wieder hinter der Bar Stellung bezogen hatte, ging sie in die Hocke und hob ihren Rock weit hoch. Dann spreizte sie die Beine und zog zwei Finger durch ihre Votze. Im Aufstehen leckte sie die Finger ab und hielt sie uns entgegen, als ob sie sagen wollte: „Wollt ihr auch mal lecken?" Anna reagiert heftig durch Anspannen ihrer Beinmuskulatur und musste ihre Hand von Rudi nehmen, um nicht gleich zu kommen. Anna flüsterte mir zu: „Ich glaube, die anderen Leute haben bestimmt was mitbekommen. Sie tuscheln schon am Nachbartisch." Damit hatte ich jetzt ein Problem. Aber wie sollte ich es lösen. Wie sollte ich Anna und diese Bedienung jetzt ficken? Eine deutlichere Aufforderung für ein heißes, lustvolles Liebesspiel konnte ich ja nicht bekommen. Und außerdem wäre das die beste Gelegenheit, Anna endlich wieder mal zu ficken. Ein Dreier, der sich in jeder Hinsicht lohnen würde.
Ich stand also auf und ging zur Toilette. Die Bedienung sah das

und ging durch eine Tür hinter dem Tresen nach hinten. Ich aber folgte den Hinweisschildern für die Toiletten, als sich plötzlich eine Tür öffnete. „Nur für das Personal" stand auf einem Schild daran. Die Bedienung zog mich durch die Tür und fiel mir sofort um den Hals. Sie rieb sich heftig an mir. Ich öffnete ihren Rock, der auf den Boden fiel und begann, an ihrer Votze zu fingern. Die Frau war geil. Sie brauchte kaum noch von mir stimuliert zu werden. Systematisch strich ich durch ihre Schamlippen. Als sich die Klitoris raus drückte, hatte ich es noch leichter. Sie segelte schnell einem Orgasmus entgegen. Dabei ging sie fast in die Knie, um mich dann intensiv zu küssen.

Rudi war damit gar nicht einverstanden. „Was denn nun?", schien er zu fragen. Pinkeln oder Ficken, weich oder hart? Die Entscheidung fiel mir nicht so leicht. Aber es nützte alles nichts. Ich musste erst pinkeln. Also suchte ich die Toilette auf, ging in die Kabine, hob den Klodeckel an und brachte Rudi in Position. Die Frau aber war mir unmittelbar gefolgt, streifte mir die Hose runter und langte mit einer Hand zwischen meinen Beinen hindurch an meine Eier. Mit der anderen Hand ergriff sie meinen Rudi. Sie schob meine Hand beiseite und hielt meinen Rudi jetzt alleine. Sie streifte die Vorhaut zurück. Aber Rudi beeindruckte das in keinster Weise. Sie wartete geduldig bis ich los pullerte. Rudi streckte sich ein wenig und sie lenkte ihn im Kreis und freute sich darüber, wie der Strahl sich änderte. Als ich fertig war, verschwand sie schnell wieder und ließ mich und meinen Rudi allein.

Auf dem Rückweg zu Anna musste ich an der Bar vorbei. Die Bedienung schien auf mich gewartet zu haben. „Ich bin die Ida", flötete sie und drückte mir einen Zimmerschlüssel in die Hand. „Den habe ich vom Hotel, das Zimmer kostet 80 Euro." Sie lächelte ganz bezaubernd und versprach: „Ich komme in einer Stunde dazu und bringe noch Gläser und Prosecco mit." Ich war sprachlos. Am Tisch erzählte ich Anna alles haarklein und hielt ihr zum Beweis meine Finger, die ich ja absichtlich nicht gewaschen hatte, zum Ablutschen hin. Anna wurde nervös: „Ich will hier raus, ich will dich nackt haben. Ich will sie lecken!" Wir bezahlten, nicht ohne die Bedienung zu streicheln und zu fingern, soweit das möglich war. Aber Anna gelang es doch, ihre Finger kurz in die Votze von Ida zu stecken, die das mit einem Seufzer quittierte.

Anna war ganz schnell ausgezogen und stürmte ins Bad. Schnell saß sie auf der Toilette. Als ich sie anschaute, wurde ihr wohl erst bewusst, wie sie mich damit anmachte. Sie spreizte ihre Beine weit und zog die Schamlippen auseinander. Ihre Votze war glattrasiert, genauso süß, wie ich sie in Erinnerung behalten hatte. Dann schien sie es sich anders zu überlegen. Sie wollte doch meinen Arsch sehen. Sie stand ohne zu pinkeln auf und drängte mich in die Dusche. Schroff befahl sie mir, mich zu bücken. Es wirkte immer noch. Meinen Arsch sehen und mir zu befehlen, was ich zu tun habe, ging an Rudi nicht vorbei. Er beeilte sich, sich in Szene zu setzen. Artig bückte ich mich und Anna tastete mir durch meine Kerbe. Sie spuckte auf die Rosette und ihr Zeigefinger begann darauf zu kreisen.

Ich zuckte heftig. Schließlich war ich das nicht mehr gewohnt. Aber je länger sie auf der Rosette kreiste, desto mehr drückte ich mich ihr entgegen. Dann drang sie ein. „Endlich!", fuhr es mir durch den Kopf und Rudi quittierte es mir mit einem kleinen Tropfen. Anne fickte mich genüsslich. Erst mit einem Finger, dann mit zwei Fingern. Ich hatte den Eindruck, sie rieb sich auch ihre Votze. Aber dann spürte ich ihren heißen Strahl auf meinem Rücken. Der Strahl war wie gebündelt. Sie versuchte, ihn in meine Kerbe zu lenken, ohne die Finger aus meinem Arsch zu ziehen. Die Pisse lief mir durch die Kerbe und über die Eier, von denen sie schließlich abfloss. In der Dusche breitete sich der Geruch von ihrem Urin aus.

Als sie fertig war, richtete ich mich wieder auf und drehte den Wasserhahn der Dusche auf. Wir stellten den Duschkopf auf eine niedrige Höhe ein und genossen eng umschlungen das warme Wasser, nicht ohne alle Löcher nochmal gründlich aus zu tasten. Ich war froh, Anna mal wieder um mich zu haben. Was hatte ich nicht alles geträumt, was ich mit ihr machen würde, wenn es zu einem Wiedersehen käme. Mich vereinnahmte plötzlich diese unbändige Geilheit, sie in alle Löcher ficken zu wollen. Soll sie doch morgen nicht mehr sitzen können und nur mit einer heiseren Stimme sprechen. Anna aber trocknete mich sorgsam und langsam ab. Sie selber vernachlässigte sich dabei. Rudi wurde von ihr auch mal kurz geblasen, aber das war es dann auch schon. Sie drängte mich auf das Bett und wies mich an, mich auf den Rücken zu legen. Langsam senkte sie sich ab, bis Rudi tief in ihr war.

Aber von Ficken konnte gar keine Rede sein. Ihr Becken bewegte sie kaum. Sie fühlte den inneren Druck, das Ausgefülltsein. Ihre Augen waren geschlossen und ihrem Gesicht war dieses zufriedene Gefühl, einen Schwanz in sich zu haben, anzusehen. Sie ließ sich unendlich viel Zeit. Ich vermutete, sie hatte mehrere kleine Orgasmen, die Rudi nicht spürte. Dann aber begann sie sich zeitlupenartig zu bewegen. Ganz langsam glitt Rudi raus, bis seine Eichel nur noch zwischen den Schamlippen war. Und genauso langsam senkte sie sich wieder ab. Ich machte mir schon Sorgen, dass Rudi nachgeben würde. Aber das musste ich nicht. Anna wurde schneller, bis sie mit ihrem Arsch förmlich runter donnerte und Rudi der ganzen Länge nach in sich rein rammte.

Jetzt hoffte ich endlich, in sie rein spritzen zu können. Doch Anna hatte andere Pläne. Ihre Votze lief förmlich aus und sie hatte sich eine Serie von kleinen Orgasmen verschafft. Ich war mir da fast sicher. Jetzt aber setzte sie Rudi auf ihre Rosette. Das Spiel begann von vorne. Sie senkte sich, ohne zu zögern und aufzuweiten, langsam ab. Sie drückte nach, damit Rudi auch wirklich so tief drin war, wie seine Länge es nun mal erlaubte. Nur eines war jetzt anders. Sie hatte zusätzlich zwei Finger in ihrer Votze. Das Auf und Ab wurde schneller. Anna erregte sich immer mehr. Es schien ihr sichtlich ein Bedürfnis zu sein, ihren Arsch ficken zu lassen. Mir war so, als ob sie ihn laufend trainierte, aber nie richtig real nutzen konnte.

Sie hielt inne und gönnte sich einen Moment Pause. Sie schien zu überlegen, was nun geschehen sollte. Schließlich nahm sie ihre Finger aus der Votze, stützte sich auf meinen Händen ab und setze den Arschfick fort. Dann aber kippte sie das Becken und Rudi landete in der Votze. Mit jedem Auf und Ab gelang ihr das besser. Votze, Arsch, Votze, Arsch! Dabei donnerte sie auf mich runter und rammte mit ausdauernder Gewalt meinen Rudi in sich rein. Mir war da schon klar, dass Rudi wohl einige Tage ausfallen würde. Aber ihr Aufschaukeln, ihre Willenskraft, sich selber alles abzuverlangen, nahm eher noch zu als ab. Dabei machte sie sich weit, sowohl in der Votze als auch im Arsch. Sie wollte meinen Orgasmus hinauszögern.

Aber das ging nicht unendlich lange. Rudi kapitulierte und spritzte, egal ob er gerade im Arsch oder in der Votze war. Als Anna das spürte, wie mein Sperma aus ihr raus lief, klappte sie regelrecht ermattet zusammen. Von einer Sekunde zur anderen lag sie an meiner Seite. Ihr Atem beruhigte sich und ihre nasse Votze rieb sie auf meinen Oberschenkel. Sie schaute mich lachend an, aber musste dabei immer noch ziemlich schnell atmen. Sie küsste mich und streichelte Rudi, der sich schnell zurück gezogen hatte. Ich strich ihr über den Rücken und über den Po. Anna wurde immer ruhiger und mir fielen die Augen zu. Ich zog noch die Decke über unsere erschöpften Körper.

Irgendwas war anders. Irgendwas ruckelte. Ich fühlte Anna nicht mehr an meiner Seite. Es dauerte eine ganze Weile, ehe ich begriff, was geschehen war. Ida war wohl mit einem Zweitschlüssel dazu gekommen und legte sich Anna gerade zurecht. Sie hockte zwischen ihren Beinen und drückte ihre Knie in Richtung Brust. Lapidar stellte sie fest: „Den Arsch hat er dir also auch gefickt!" Dann begann sie das Spiel mit ihrer Zunge. Sie leckte und schlürfte, bis sie den Strich vom Anus bis zur Klitoris perfektioniert hatte. Anna wurde nervös. Ida, die auch nackt war, ließ nicht locker. Ich sah ihre Brüste schaukeln. Sie hatte etwas mehr Oberweite als Anna. Dann sah ich ihren Arsch, der eindeutig breiter war, aber trotzdem wohlgeformt. Ich machte den beiden Platz und stand jetzt seitlich am Bett. Anna nutzte die Chance und drehte sich um. Jetzt lagen die beiden in der 69er Position und leckten sich gegenseitig. Ida hatte ihren Arsch jetzt vor mir. Ich sah diesen schwarzen Busch von Haaren. Darunter war das Gesicht von Anna. Ab und zu war ihre Zunge zu erkennen. Ich starrte wie hypnotisiert auf ihren Anus. Die rosa Rosette war gleichmäßig rundherum gefaltet. Ich konnte gar nicht anders. Ich musste da mit einem Finger drauf. Ida zuckte, weil sie dort sehr sensibel war. Ich spuckte auf die Rosette und setzte das Fingerspiel mit kreisenden Bewegungen fort. Anna meine: "Mach weiter, ihre Votze fließt schon aus!" Und Ida bestätigte dies durch ein heftiges Stöhnen.

Während Anna sich um Ida's Klitoris kümmerte und diese einsog, fickte ich Ida mit einem Finger. Sie wurde weicher und reagierte heftiger. Also fickte ich sie mit zwei Fingern weiter. Ida schrie: „Du Sau, fick mir den Arsch!" Rudi verstand das als

Befehl. Ohnehin hatte er schon mit diesem Gedanken gespielt. Ich hatte ihn schnell aufgewichst und er stand prächtig da. „Ja, die Jugend", meinte Anna, als ich ihn auf die Rosette ansetzte und rein schob. Ida setzte keinen Widerstand entgegen. Sie nahm es als normal hin und drückte sich kräftig dagegen, sodass Anna sie bei den Hüften packte, damit sie weiter lecken konnte. Jetzt aber hatte sie Rudi auch noch vor ihrer Nase.

Ihre Zunge glitt über Rudi, über meine Eier und über die Votze von Ida. Sie steckte Ida noch einen Finger in die Votze und versuchte, ihr mit der Zunge und dem Finger einen Orgasmus zu verschaffen und dabei aber auch mich zu verwöhnen. Votzensaft bekam sie genug von Ida. Ich strich ihn hoch bis über den Anus. Das Ficken wurde immer leichter und Rudi wurde immer wilder. Jetzt donnerte ich in Ida rein, so wie Anna den Rudi in sich rein gezogen hatte. Jetzt war ich wild und aufgegeilt und kannte keine Grenzen mehr. Ich fickte mir die Geilheit aus dem Leib. Ida und Anna spürten das natürlich und hielten inne. Als Rudi spritzte, drückte sich Ida fest auf das Gesicht von Anna. Die war erst mal beschäftigt, den auslaufenden Samen zu schlucken.

Ach ja, hätte ich ja beinahe vergessen. Eine Woche später bekam ich meinen Meisterbrief als Bäcker ausgehändigt.

Kleine Fickträumerei im Wolkenhimmel

Du bist immer da. Meine Gedanken schweben am Wolkenhimmel zu dir. Es ist wie auf dem Wasser. Ich schaue den treibenden Booten zu. Es ist dieser flüchtige Moment, in dem ich meine Muschi berühre und ich mich spüre. Nur diese innerliche Entspannung ist es, auf die ich mich in diesem Moment konzentriere. Diese tiefe innerliche Ruhe bringt mich zu dir. Ich spüre dich. Ich lasse mich fallen und denke an mich selber.

Dann kommen diese geilen Gedanken, dieses Streicheln, dieses Wollen. Sie kommen geil und tabulos! Ich spiele und lache mit dir. Ich halte deinen Schwanz beim Pinkeln. Ich pflege ihn dir und streichele ihn. Nichts hält mich davon ab, ihn zu wichsen oder zu lecken. Ich blase ihn dir sanft und doch beständig, bis er die richtige Härte hat. Dann behalte ich ihn tief und fest in mir. Ich gehe vor und zurück. Ich will es spüren, wenn dein Sperma tief in mir, uns gemeinsam schweben lässt.

Babara Wolke gehört zur Generation 55 Plus. Sie heiratete nach ihrer Ausbildung zur Konditorin im Alter von 18 Jahren. Nach 16 Jahren Ehe, die von Gewaltexzessen begleitet war, verließ sie ihren Mann.

Sie fühlte, dass sie ihre Sehnsüchte und Bedürfnisse herausschreien musste, um in ihrem Leben, die Lust wieder als befreiend empfinden zu können. So entstand das erste ihrer Bücher *„Sinnlicher Wolkenflug"*, das autobiografische Elemente aufweist und für das Befreien einer Frau aus ihren Fesseln steht. Sie wendet sich unkonventionellen tabulosen befreiten Sex zu und konzentriert auf die eigenen Gefühle, Träume, Neigungen und Fantasien.

Erhältlich bei Amazon, www.bod.de und in allen Buchläden.
(Buch ISBN: 9783743188105 , E-Book ISBN: 9783744875882)

Im Buch *„Sinnliche Wolkenfrauen"* beschreibt sie Schicksale von Frauen, denen es ähnlich ergangen ist. Mit viel Einfühlungsvermögen schildert sie Gelüste und Triebe von Frauen, die Schranken durchbrechen und wie sie selber sich unkonventionellen tabulosen befreienden Sex zuwenden

Erhältlich bei Amazon, www.bod.de und in allen Buchläden vor.
(Buch ISBN: 9783749471188 , E-Book ISBN: 9783749476404)